The Buddha in the Attic

Julie Otsuka

屋根裏の仏さま

ジュリー・オオツカ

岩本正恵　小竹由美子　訳

CREST BOOKS
Shinchosha

目　次

THE BUDDHA IN THE ATTIC

by

Julie Otsuka

First Japanese edition published in 2016 by Shinchosha Company

Japanese translation rights arranged with Julie Otsuka Inc.

c/o The Marsh Agency Ltd.,

acting in conjunction with ARAGI INC., New York

through Tuttle-Mori Agency, Inc., Tokyo

Illustration by Yayoi Ohno

Design by Shinchosha Book Design Division

屋根裏の仏さま

しかし、先祖たちの中には、後世に名を残し、輝かしく語り継がれている者のほかに、忘れ去られた者もある。彼らは、存在しなかったかのように消え去り、あたかも生まれ出なかったかのようである。彼らの子孫も同様であった。

「シラ書」四四章八―九節

蔵焼けて　障るものなき　月見哉

正秀

来たれ、日本人！

船のわたしたちは、ほとんどが処女だった。黒くて長い髪、幅の広い平らな足、背はあまり高くなかった。子どものころから薄い粥しか食べたことがなく、がに股気味の者もいた。十四歳で、まだほんの少女の者もいた。都会から来て、しゃれた都会風の服を着ている者もいたが、多くは田舎の出で、船では何年も着古した着物を着ていた――姉からの色あせたおさがりで、何度も継ぎが当てられ、何度も染めなおされていた。山から来て、写真でしか海を見たことのない者もいた。漁師の娘で、生まれてからずっと海のそばで過ごしてきた者もいた。わたしたちは、兄か父を海で失ったのかもしれない。いいなずけ、あるいはもしかしたら愛する人が、悲しいことに、ある朝、海に飛びこんで、そのまま泳ぎ去ってしまったのかもしれない。今は、わたしたちもまた、海を渡るときだった。

船でわたしたちは、最初に――気が合うか合わないか判断する前に、日本列島のどの地方の生まれか教えあう前に、日本を離れる理由を言う前に、おたがいの名前さえ覚える前に――夫となる人の写真を見せあった。彼らはハンサムな若者で、瞳は黒く、髪は豊かで、肌はなめらかで傷ひとつなかった。あごはがっしりしていた。背筋は伸びていた。鼻は高くて鼻筋が通っていた。故郷の兄や父に似ていたが、もっと身なりがよく、グレーのフロックコートや仕立てのよい三つ揃いのスーツを着ていた。三角屋根の木造の家の前で撮った写真もあった。家は白い杭垣で囲まれ、芝生はきれいに刈りこまれていた。家の前の車回しでT型フォードにもたれている写真もあった。写真館で背もたれの高い椅子に座り、手をきちんと組んでカメラをまっすぐ見つめ、今まさに世界に乗り出そうとしているかのような写真もあった。彼らはみな、そこにいると、わたしたちを待っていると、サンフランシスコで、船が港に着いたら待っていると、約束していた。

船でわたしたちはよく考えた。あの人のことを好きになるかしら。愛せるかしら。波止場にいるのを初めて見るとき、写真の人だとわかるかしら。

船でわたしたちは、下のほうにある、汚くてうす暗い三等客室で寝た。ベッドは金属製で幅が狭く、段になっていて、マットレスは固くて薄く、ほかの航海の、ほかの人生の汚れで黒ずんでいた。わたしたちの枕には麦殻が詰めてあった。ベッドのあいだの通路には食べもののかけらが散らばり、床は濡れて滑りやすかった。丸い小窓がひとつあり、夜になってハッチが閉じられると、暗闇はささやき声で満たされた。**あれって痛いのかしら？**毛布の下で、体がもぞもぞと寝返りを打った。海は上下した。湿った空気が息苦しかった。夜、わたしたちは夫の夢を見た。わたしたちは、新しい下駄と、無限にある藍で染めた絹の反物と、いつの日か住む煙突のある家の夢を見た。わたしたちは、背が高くて美しくなった自分の夢を見た。あれほど逃げ出したくてたまらなかった田んぼに戻っている夢を見た。田んぼの夢はきまって悪夢だった。わたしたちよりも美しかった姉たちの夢を見た。家族を養うために、父は姉たちを芸者に売った。あえぎながら目が覚めた。**一瞬、あたしが売られたような気がしたの。**

船でわたしたちは、最初の数日間、船酔いに苦しみ、食べたものを胃に留めておけず、甲板の手すりに繰り返し通った。ふらふらして歩くことさえできず、朦朧として寝台に横たわり、自分の名前を思い出せず、夫となる人の名前はましてて思い出せない者もいた。**ね**

え、もう一度教えて、わたしの新しい名字はなに？　わたしたちのなかには、苦しそうに腹を押さえ、声に出して慈悲の女神である観音さまに祈る者もいた——いずこにおわすのです？　そうでない者たちは、まっ青になってただ横たわっていた。真夜中に、荒々しい波に持ち上げられて急に目覚め、一瞬、自分たちがどこにいるのか、なぜ寝床が揺れ動いているのか、なぜ心臓がこんなふうに恐怖で高鳴っているのかわからないことがよくあった。たいていは、地震だろうとまず考えた。そんなとき、わたしたちは手を伸ばして母を求めた。わたしたちは家を出るその朝まで、母の腕に抱かれて眠っていた。母は今、眠っているだろうか。夢を見ているだろうか。昼も夜も、わたしたちのことを考えているだろうか。今も街では父のうしろを三歩下がって歩き、父は手ぶらなのに、母は荷物をたくさん抱えているだろうか。船で去っていくわたしたちをひそかにうらやんでいるだろうか。あなたたちに尽くしてきたのに。わたしたちの着物を忘れず虫干ししてくれるだろうか。猫に忘れず餌をやってくれるだろうか。わたしたちが知っておくべきことを、全部忘れず教えてくれただろうか。湯のみは両手で持ちなさい。陽に当たってはいけません。よけいな口をきいてはいけません。

船のわたしたちは、ほとんどがたしなみを身につけており、良い妻になれる自信があった。料理と裁縫ができた。茶道と生け花を習い、中身のある言葉はなにひとつ口にせず、幅の広い平らな足におしりを乗せて正座して、何時間でも座っていられた。**女の子は部屋に溶けこまなければいけません。そこにいないかのようにしていなくてはなりません。**わたしたちは、葬式での立ち居ふるまいをわきまえ、過ぎゆく秋について愁いに満ちた俳句を十七文字ちょうどで詠むことができた。草むしりも、薪割りも、水汲みもできた。ひとりは――精米屋の娘だ――四十キロの米を背負って、三キロ以上離れた街まで汗ひとつかかずに歩いていけた。**呼吸のコツをつかめばなんでもない。**わたしたちのほとんどは行儀がよく、きわめて礼儀正しかったが、ひどく腹を立てると、水夫のように悪態をついた。わたしたちのほとんどは、たいていは淑女のようにしゃべり、かわいらしい声を出して、実際よりはずっと物知らずなふりをして、甲板員の横を通るときは、内股で小さく気取って歩いた。**田舎ではなく、都会にいるように歩きなさい、**と母に何度となく教えられたからだ。

船でわたしたちは、毎晩おたがいの寝台に集まって、何時間も夜ふかしして、わたしたちを待っている未知の大陸について話した。向こうの人は、肉ばかり食べて、体じゅうに毛が生えているという噂だった（わたしたちのほとんどは仏教徒で、肉は食べず、しかるべきところにしか毛は生えていなかった)。木はどこまでも大きい。平原はどこまでも広い。女たちは騒々しくて背が高い――一番背の高い日本の男よりも、頭ひとつ大きいと聞かされていた。言葉はわたしたちのよりも十倍難しく、習慣は理解できないほど奇妙だ。本は最後のページから逆に読み、石鹼は湯船のなかで使う。鼻は汚れた布でかみ、それをポケットにしまっては、あとでまた取り出して何度も使う。白の反対は赤ではなく、黒だ。そんな異国で、わたしたちはどうなってしまうのだろう。わたしたちは自分たちが――旅行案内書だけが頼りの、並はずれて小柄な人間であるわたしたちが――巨人国に入るさまを想像した。笑われるだろうか? つばを吐きかけられるだろうか? それともさらにひどいことに、およそまともに扱ってもらえないだろうか? けれども、一番気乗りしていない者でさえ、自分の村の百姓と結婚して年老いるよりも、アメリカで見知らぬ男と結婚した方がましだと認めないわけにはいかなかった。なぜならアメリカでは、女は田畑で働く必要がなく、米と薪は全員に行き渡る分がたっぷりあるのだから。そして、どこに行っても、男たちは女たちのためにドアを開け、帽子を軽く持ち上げて「ご婦人方から」とか「お先にどうぞ」と言うのだ。

船のわたしたちのなかには、京都から来た者もいて、繊細で色白で、生まれてからずっと家の奥の薄暗い部屋で過ごしていた。奈良から来た者もいて、日に三度、ご先祖様に祈り、今もお寺の鐘が聞こえると言った。山口の農家の娘もいて、手首は太く、肩幅は広く、これまでずっと九時には寝床に入っていた。山梨の小さな山村から来た者もいて、ついこのあいだまで汽車を見たことがなかった。東京から来た者もいて、なんでも見たことがあって、美しい日本語を話し、ほかのわたしたちとあまり交わらなかった。鹿児島から来た者も大勢いて、きつい南の訛りでしゃべり、東京から来た者は、わからないふりをした。雪深く寒い北海道から来た者は、これから何年も白い風景を夢見るだろう。のちに原爆が落とされる広島から来た者は、この船に乗ったこと自体が幸運だったが、もちろんこのときはだれも知りようがなかった。一番若い者は十二歳で、琵琶湖の東岸出身で、まだ初潮を迎えていなかった。あたしは父ちゃんと母ちゃんに結納金目当てで売られたの。一番年上は三十七歳で、新潟出身で、これまでずっと寝たきりの父親の世話をしてきた。父親はついこのあいだ亡くなり、悲しくもあり、うれしくもあった。父ちゃんが死ななきゃ結婚できないってわかってたから。熊本から来たひとりは、地元には結婚相手になる男が残っておらず――相手になりそうな男は、みな何年も前に仕事を求めて満州に渡っていた――どんな相手でも結婚できるだけ幸運だと思っていた。あたしは写真をちらりと見て、この人でいいわって仲人さんに言ったの。ひとりは福島の絹織物の村の出身で、最初の夫を流感で亡くし、二番目の夫を山向こうの若くてきれいな女に取られ、今は三番目の夫と結婚するために船でアメリカに向かっていた。健康で、酒を飲まず、賭けごとをしない、それさえわかれば、あたしには十分。ひとりは名古屋の元踊り子で、身なりが美しく、透けるような白い肌で、男の人のことはなんでも知っていて、わたしたちは毎晩彼女に質問を浴びせた。あれってどれぐらい続くの？ あかりはつけたまま、それともまっ暗？ 足は上げるの、下ろしておくの？ 目は開けるの、閉じるの？ 息ができなくなったらどうすればいい？ のどがかわいたらどうすればいい？ 重すぎる人だったら？ 大きすぎる人だったら？ あたしのことを、ぜんぜん欲しがらなかったら？「男の人は本当に単純だから」と彼女は言った。そして、解説が始まった。

船でわたしたちは、ときどき、船倉の、揺れる湿った暗闇に何時間も眠れないまま横たわり、あこがれと怖れでいっぱいになりながら、あと三週間、どうすれば持ちこたえられるだろうと考えた。

船でわたしたちは、新しい生活に必要なありとあらゆるものを詰めたトランクを抱えていた。初夜のための白い絹の着物。普段着の色鮮やかな木綿の着物。歳を取ったときに着る地味な木綿の着物。毛筆。墨。故郷への長い手紙を書く薄い和紙。小さな真鍮の仏さま。象牙色のお稲荷さま。五歳のときから一緒に寝ている人形。歓心を買うための黒砂糖の袋。鮮やかな布でできた刺し子。紙の扇子。英会話帳。花柄の絹の帯。家の裏を流れる川の滑らかな黒い石。かつて触れあって愛した少年の髪の房。手紙を書くと約束したけれど、実際には書くことはないとわかっていた。母からもらった銀の鏡。母の最後の言葉が今も耳に響いた。あなたもいつかわかるわ、女は弱し、されど母は強しってね。

船でわたしたちは、あらゆることに文句を言った。南京虫。シラミ。不眠症。絶えることのないエンジンの鈍い振動は、わたしたちの夢にまで入りこんだ。わたしたちは便所の悪臭に文句を言った——便所はぱっくり開いた巨大な穴で、その下は海だった。徐々に熟してゆく自分たちの体臭に、日増しに鼻をつくように感じられる臭いに文句を言った。カズコのお高くとまったようすに、チヨの咳払いに、フサヨが休みなく口ずさむ茶摘みの歌に、そのせいでわたしたちの頭がだんだんおかしくなってゆく歌に文句を言った。髪留めが消えることに——このなかのだれが盗んだのだろう——文句を言い、一等船室の娘たちは、上の甲板でわたしたちの横を通っても、紫色の絹の日傘の下から一度もこんにちはと言ったことがない、と文句を言った。何様のつもりかしら。暑さに文句を言った。寒さに文句を言った。ちくちくする毛布に。わたしたちは自分たちが文句を言うことに文句を言った。けれども、心の奥底では、わたしたちのほとんどはとてもしあわせだった。もうすぐアメリカに着いて、この数ヵ月何度も手紙を寄こした新しい夫に会うのだから。すてきな家を買った。庭にチューリップを植えられる。水仙でもなんでも好きなものを植えればいい。わたしは農場を持っている。ホテルを経営している。大銀行の頭取だ。数年前に日本を離れて事業を興し、不自由のない暮らしをさせてやれる。身長一七九センチ、ハンセン病も肺病もないし、家系に狂人はいない。生まれは岡山。兵庫。宮城。静岡。育ったのはあなたの隣村で、あなたを数年前に一度祭りで見かけたことがある。用意ができしだい渡航費を送る。

船でわたしたちは、夫の写真を小さな楕円形のロケットに入れ、長いチェーンで首から下げていた。絹の袋に入れ、古いお茶の缶に入れ、朱塗りの箱に入れ、アメリカから送られてきたときの分厚い茶封筒に入れて持ち運んだ。着物のたもとにいれ、しょっちゅう触ってはそこにあるのを確かめた。『来たれ、日本人!』『アメリカ渡航案内』『殿方を歓ばせる十の方法』といった本のページにはさんで持ち運んだ。すりきれた古い経典にはさんでいることもあったし、肉を食べ、髪の長いよその神さまに祈るキリスト教徒は、欽定訳聖書にはさんでいた。どちらの男性が好きかとたずねると——写真の男か主イエス・キリストか——謎めいた笑みを浮かべ、「もちろん彼のほうよ」と答えた。

船のわたしたちのなかには、秘密のある者もいた。死ぬまでずっと夫には明かさないと誓っていた。わたしたちがアメリカに行く本当の理由は、何年も前に家族を捨てた音信不通の父親を探すためだったかもしれない。父さんはワイオミングの炭鉱で働くといって出て行って、それきりだった。今では顔もろくに思い出せない男との間に生まれた幼い娘を置き去りにするためだったかもしれない——村に一週間いた旅の講談師か、夜遅く、富士山へ向かう途中に家に寄った僧か。娘の面倒は父と母がよく見てくれるとわかっていても——この村にいたら、おまえは一生嫁にゆけない、と両親は言った——娘よりも自分の人生を選んだことが後ろめたく、船では幾晩も続けて泣いたけれど、ある朝目覚めると、涙をぬぐって「もう十分」と言い、ほかのことを考えるようになった。どの着物を着て船から下りようか。髪はどう結おうか。相手に会ったら最初になんと言おうか。船に乗った今では、過去はうしろにあり、引き返すことはけっしてできなかった。

船でわたしたちは、娘のことを死ぬ日まで毎晩夢に見るとは思わず、夢の中では娘がずっと、最後に目にした三歳のままであるとは思っていなかった。えんじ色の着物を着て水たまりの縁にしゃがみ、水に浮かぶ蜂の死骸にすっかり魅せられている小さな姿。

船でわたしたちは、毎日同じものを食べ、毎日同じすえた空気を吸った。同じ歌を歌い、同じ冗談で笑い、天候が穏やかな朝には、船底の狭苦しい空間を出て甲板に登り、下駄と夏物の着物で散歩して、ときどき立ち止まっては、変化のない、果てしない青い海を眺めた。ときどきトビウオが足元に落ちて、息ができずに跳ねまわり、わたしたちのだれかが――たいていは漁師の娘だ――拾い上げて海へ放って帰してやった。あるいはどこからともなくイルカの群れが現われて、何時間も船と並んで跳ねることもあった。ある朝、海がガラスのように凪いで空が輝くほど青かったとき、クジラの黒くなめらかな脇腹が突然海から現われて消え、一瞬、わたしたちは息を飲んだ。仏さまの目をのぞきこんだようだったわ。

船でわたしたちは、よく何時間も甲板に立って、髪に風を受けながら、通り過ぎるほかの乗客を眺めた。頭にターバンを巻いたパンジャブから来たシーク教徒は、故国からパナマに逃げる途中だった。革命から逃れてきた裕福な白系ロシア人がいた。ペルーの綿花畑に働きに行く、香港からきた中国人労働者がいた。有名なジプシーの一団を連れたキング・リー・ウワノウウィッチがいた。メキシコに広大な牧場を持ち、世界一金持ちのジプシーたちだという噂だった。日焼けした三人連れのドイツ人観光客と、ハンサムなスペイン人神父と、背が高くて赤ら顔のチャールズという名のイギリス人がいた。チャールズは毎日午後三時十五分に甲板に現われ、縦方向に数往復きびきびと歩いた。チャールズは一等船室の客で、深緑色の瞳で、鼻の先がとがり、完璧な日本語を話し、わたしたちの多くにとって、初めて目にする白人だった。彼は大阪にある大学の外国語教授で、妻は日本人で、子どもがひとりいて、アメリカには何度も行ったことがあり、わたしたちの質問にいつまでも辛抱強くつきあった。アメリカ人は獣のような強いにおいがするって本当ですか(チャールズは笑って、「わたしはどうかね」と言い、わたしたちに体のにおいを嗅がせた)。あの人たちはどれくらい毛深いんですか(「わたしと同じくらいだよ」とチャールズは答え、袖をまくって腕を見せてくれた。腕は褐色の毛に覆われていて、わたしたちは身震いした)。あの人たちの胸には本当に毛が生えているんですか(チャールズは頬を赤らめ、胸は見せられないと言い、わたしたちは頬を赤らめて、それは頼んでいないと言った)。今でも野蛮なインディアンの部族が大草原のいたるところをうろついているのか(チャールズはインディアンはみんな連れ去られたといい、わたしたちは安堵のため息をついた)。

アメリカの女性は夫を敬ったり、笑うときは口に手を当てたりしなくていいというのは本当か(チャールズは水平線を行く船を見つめ、ため息をついて言った。「残念ながら、本当だ」)。男と女は本当に頬をくっつけて夜通し踊るのか(土曜だけ、とチャールズは説明した)。ダンスのステップは難しいのか(チャールズは簡単だと言い、つぎの晩、月明かりの下、甲板でフォックストロットのレッスンをしてくれた。**スロー、スロー、クイック、クイック**)。サンフランシスコのダウンタウンは本当に銀座よりも広いのか(もちろんだ)。アメリカの家は、本当にわたしたちの家の三倍も大きいのか(その通り)。どの家の応接間にもピアノがあるのか(どちらかというと二軒に一軒ぐらいだねとチャールズは言った)。わたしたちはアメリカでしあわせになると思うか(チャールズは眼鏡をはずし、すてきな深緑色の目でわたしたちを見下ろして「きっとそうなると思うよ」と言った)。

船のわたしたちのなかには、平水夫と仲よくならずにいられない者がいた。水夫はわたしたちと同じ村の出で、わたしたちの歌の歌詞をみんな知っていて、結婚してくれといつも言い寄った。わたしたちはもう結婚していると説明したが、それでも何人かは水夫と恋に落ちた。そしてふたりだけで会えないかと言われると――その晩の、たとえば中甲板で十時十五分に――わたしたちは一瞬足元を見つめ、大きく息をして、「いいわ」と言い、これも夫にはけっして言わないことのひとつになった。わたしを見たあの目つき、とわたしたちはのちに心のなかで思う。あるいは、笑顔がすてきだった、と。

船のわたしたちのなかには、妊娠したものがひとりいたが、それには気づかず、九ヵ月後に赤ん坊が生まれたときに最初に思ったことは、新しい夫によく似ているということだった。目があなたにそっくり。水夫と一夜を過ごしたあとで海に飛びこんだ者がいた。枕の上には短い手紙が残されていた。あの人のあとで、ほかの人は考えられない。甲板で出会った帰国途中のメソジスト派の宣教師と恋に落ちた者がいて、アメリカに着いたら夫を捨てて彼の元に来てほしいと乞われたにもかかわらず、それはできないと言った。「自分の運命に従わなければいけません」と女は宣教師に言った。けれども女はその後の人生を、もうひとつの暮らしに思いを巡らせて過ごした。

船のわたしたちのなかには、生まれつき考えこむ質《たち》の者がいて、内に閉じこもっていたが、航海の大半を寝台にうつぶせになって過ごし、あとに残してきた男たちのことを考えた。果物屋の息子は、いつもわたしたちには素知らぬふりをしていたが、母親が店にいないときは決まってみかんをひとつおまけしてくれた。雨のなか、夜更けに二時間も橋の上で待ち続けたことがあった、あの妻のある男。なんのためだったか。くちづけと約束のためだ。「また明日も来るよ」と男は言った。ふたたび男に会うことはなかったものの、会えばたちまち同じことをするだろうとわかっていた。その男と過ごしていると、生まれて初めて生きている感じがしたし、それ以上でもあった。眠りに落ちるとき、ふと気づくと、毎日、学校からの帰り道に言葉を交わした小作人の男の子のことを考えていることもよくあった――隣り村の美少年で、その両手は、どんなに頑固な苗木でも土からうまく掘り出すことができた――なにもかもお見通しの母親はたいていわたしたちの心を読んで、頭がおかしくなったかという目で見た。**おまえはこの先一生、畑で腰を屈めて過ごしたいのか**(わたしたちはためらい、もう少しで「はい」と言いそうになった。だってわたしたちは昔からお母さんのようになりたいと思ってきたのではなかったのか。ずっとそれだけを望んでいたではないか)。

船でわたしたちは、決めなければならないことがそれぞれあった。どこで寝るか、だれを信頼するか、だれと仲よくするか、どうやって仲よくするか。なにか言うべきか、言わずにおくべきか。いびきをかいたり、寝言を言ったりする隣人に、わたしたちよりも足が臭い隣人に、汚れた衣類を床一面に散らかす隣人に。髪をあるスタイルに結った人に似合うかときかれて――たとえば、船で嵐のように流行中の「庇髪《ひさしがみ》」というスタイルに――実際には似合っていなくて、頭が大きく見えすぎるときに、本当のことを言うか、それとも最高だと言うか。中国から来たコックの文句を言っても大丈夫だろうか。そのコックは、ひとつきりしか料理を知らず――ライスカレーだ――来る日も来る日もそれを出し続けた。でも、わたしたちがなにか言ったら、コックは中国に送り返され、たいていの日は米と名のつくものにまったくありつけなくなるかもしれない。そうなったらわたしたちのせいだろうか。そもそも、わたしたちの話に耳を傾ける人がいるだろうか。気にしてくれる人はいるのだろうか。

船のどこかに船長がいて、毎朝夜明けにその船室から、美しい若い娘が出てくるという。もちろん、わたしたちは知りたくてたまらない。その娘はわたしたちの同類なのか、それとも一等船室の娘なのか。

船でわたしたちは、ときどき夜遅くたがいの寝台にこっそり入って、静かに並んで横たわり、故郷のありとあらゆる思い出を語った。初秋の焼き芋のにおい、竹林の行楽、荒れた寺の庭で影踏みをして遊んだこと、桶を持って井戸に水を汲みにいった父さんが、戻ってこなかったこと、母さんがそのあと一度も父さんのことを口に出さなかったこと。まるで父さんが最初からいなかったみたいだった。わたしはそれから何年も、その井戸をのぞきこんだわ。お気に入りの化粧クリームや、鉛おしろいの効果や、初めて夫の写真を見たときのことや、その人がどんなだったかについて話した。まじめそうな人だったから、わたしには十分だと思ったの。ときには、知らず知らずのうちにだれにも言ったことがないようなことを話していて、でも、一度話し出すと止められなくて、ときには急に黙りこんで、おたがいに抱き合ったまま夜が明けて、どちらかが体を引き離し、「こんなこと、続くかしら」と言った。これもわたしたちが決めなければならないことだった。もし続くと言えば、それは続くこととなり、彼女のもとに戻り——その晩でなくても、翌日の夜か、さらに翌日の夜か——このことはみな、船から下りたとたんに忘れるはずだと自分に言いきかせた。いずれにしても、夫に備えるよい練習だった。

船のわたしたちのなかには、男と一緒にいることにどうしても馴染めない者が何人かいた。もし、結婚せずにアメリカに行く方法があれば、なんとしても見つけていただろう。

船のわたしたちは、初めて夫に会ったとき、いったいだれなのか見当もつかないとは思いもしなかった。ニット帽をかぶり、みすぼらしい黒い上着を着て、下の埠頭で待っている大勢の男たちが、写真のハンサムな男とは似ても似つかないだろうとは。わたしたちに送られてきた写真が二十年前のものだとは。わたしたちに宛てた手紙が、夫ではなく、嘘をついて心をつかむのが仕事の、字の上手なそれ専門の人が書いたものだったとは。海をはさんで自分の名前が呼ばれるのを初めて聞いたとき、ひとりは帰りたいと目を覆って顔をそむけ、けれども、残りのわたしたちは、顔を伏せ、着物の裾をなでて整え、タラップを下りてまだ温かな日のなかに踏み出すことになろうとは。ここはアメリカだ、とわたしたちは自分に言いきかせた。心配することはない。それは、誤りだった。

初夜

その夜、新しい夫は、わたしたちをすばやく奪った。平然と奪った。そっと、けれども手をゆるめず、無言で奪った。仲人の言葉どおり処女だと信じて、うんと気をつけて扱った。**痛かったら言ってくれ。**〈ミニッツ・ホテル〉のむきだしの床にあおむけに寝かせて奪った。ダウンタウンにある〈クマモト・イン〉の安部屋でわたしたちを奪った。当時のサンフランシスコでは黄色人種が足を踏み入れることのできる最高のホテルでわたしたちを奪った。〈キノクニヤ・ホテル〉〈ミカド〉〈ホテル・オガワ〉。わたしたちをあたりまえのように奪い、言われたとおりにするものと思いこんでいた。**壁を向いて床に手とひざをつけ。**わたしたちのひじをつかみ、「そろそろいいだろう」と言った。まだ準備ができていないのに奪い、血は三日間止まらなかった。白い絹の着物を頭の上までまくり上げたまま奪い、わたしたちは、死んでしまうと思った。窒息させられると思った。貪欲に、飢えたように奪った。まるで千一年間待ちつづけていたかのようだった。まだ船酔いから回復せず、まだ足の下で地面が揺れつづけているのに奪った。抵抗すると、乱暴に、拳で殴りつけて奪った。わたしたちが噛みついても奪った。殴りかかっても奪った。侮辱しても——あんたなんてあんたの母ちゃんの小指以下だ——助けを求めて叫んでも（誰も来なかった）奪った。足元に土下座して、額を床にこすりつけて待ってほしいと頼んでも奪った。明日ではだめですか。不意をつかれることもあった。この夜のなりゆきを母親から詳しく聞かされていない者もいたからだ。わたしは十三歳で、それまで男の人と目を合わせたこともなかった。荒れてごつごつした手を詫びながら奪ったから、銀行員ではなく農夫だとすぐにわかった。あせらず時間をかけ、窓から身を乗り出して眼下の街の光を楽しむわたしたちを、後ろから奪った。「しあわせかい」と男たちはきいた。わたしたちを縛って、ネズミの糞とカビの臭うすり切れたカーペットにうつぶせにして奪った。黄ばんだシーツの上で荒れ狂うように奪った。やすやすと、なんの苦もなく奪った。わたしたちのなかにはすでに何度も経験済みの者もいたからだ。酔っぱらって奪った。手荒く、後先を考えず、わたしたちの痛みを気にかけることなく奪った。子宮が裂けるかと思ったわ。脚をきつく閉じて「やめてください」と言っても奪った。わたしたちを壊してしまうのではないかというように、恐る恐る奪った。なんて小さいんだ。そっけなく、でも訳知り顔で奪った(—— 二十秒もすればおまえはわれわれを失うさ ——男たちがこれまでも多くの女と経験がある)ことを、わたしたちは知った。わたしたちは天井を虚ろに見つめ、終わるのを待った。何年たっても終わらないことには気づかなかった。宿屋の夫婦の手を借りて、逃げないように床に押さえつけさせて奪った。こいつがことを終えたら、おまえを欲しがるやつなんていない。ふるさとの村の一間きりの小屋で、父が母と交わったように奪った。それは、突然、前触れもなく、わたしたちがまどろみかけると始まった。ランプのあかりで奪った。月あかりで奪った。暗闇で奪い、わたしたちはなにも見えなかった。六秒で終えて、震える息を吐いてわたしたちの肩に倒れこみ、今のがそうなのかとわたしたちは思った。永遠に続き、痛みは何週間も続くだろうとわたしたちは思った。ひざまずかせて奪い、わたしたちはベッドの柱にしがみついて泣いた。壁の、彼らにしか見えない謎の一点を凝視しながら奪った。「ありがたい」となつかしい東北なまりで何度も小声でつぶやき、それを聞いてわたしたちの緊張は解けた。父さんとしゃべりかたがそっくりだったんだもの。荒い広島弁で怒鳴り、なにを言っているのかわたしたちにはほとんどわからなかったけれど、これから一生漁師と暮らすことはわかった。鏡の前に立たせたまま奪い、そのあいだずっと、映る自分の姿を見つめさせた。「おまえも好きになるさ」と男たちは言った。そっと手首を捕え、叫ばないでほしいと言った。おずおずと、どうしていいかわからずに、ひどく苦労して奪った。「いいかな」と男たちは言った。「ここかい」。「手を貸してくれ」と言われて、わたしたちは手伝った。男たちはうなった。男たちはうめいた。叫び、長々と息を漏らした。ほかの女のことを考えながら奪い——遠い目をしているのでわかった——ことが終わると、シーツに血がついていないといってわたしたちをののしった。下手くそに奪ったので、わたしたちはそれから三年間、手を触れさせなかった。経験のないほど巧みに奪い、これからずっと欲しくなるだろうとわたしたちにはわかった。わたしたちはよろこびの声をあげ、恥ずかしさに手で口を覆った。男たちはすばやく、何度も、夜通し奪い、翌朝目覚めると、わたしたちは彼らのものになっていた。

白人

わたしたちは、彼らが許せばその町外れに住んだ。そうでない場合は――「日没以降、郡内滞在禁止」と看板に書かれていることもあった――移動しつづけた。暑くてほこりっぽい平原《バレー》の、移住労働者収容施設をつぎつぎ渡り歩き――サクラメント、インペリアル、サンホアキン――新しい夫と並んで彼らの土地を耕した。ワトソンビルで彼らのイチゴを摘んだ。フレズノとデネアで彼らのブドウを摘んだ。デルタ地域のベーコンアイランドで、地面にひざをつき、熊手を使って彼らのジャガイモを掘った。土はふっくらと柔らかかった。ホランド・トラクトで彼らのインゲンを選り分けた。収穫の季節が終わると、自分の毛布を巻いて背負い、布でくるんだ荷物を手に持って、次の荷馬車を待ち、移動しつづけた。

最初に教わった彼らの言葉は「水《ウオーター》」だった。畑で気が遠くなりかけたら、すぐに大声でそう叫べ、と夫は言った。「この言葉を覚えるんだ、死なずにすむように」。わたしたちのほとんどはそうしたが、ひとりは——高い塀に囲まれた神戸の屋敷で乳母に育てられ、雑草など生まれてから一度も目にしたことがなかったヨシコ——そうしなかった。マーブル農園で働いた初日の夜、床に就いたまま目覚めなかった。「眠っているのかと思った」と夫は言った。「心臓麻痺だ」と雇い主は言った。別のひとりは恥ずかしくて大声を出せず、かわりにしゃがんで灌漑《かんがい》水路の水を飲んだ。七日後、腸チフスで高熱が出た。ほかにもすぐに覚えた言葉がある。「よし《オール・ライト》」——これはわたしたちの仕事に雇い主が満足したときの言葉だ。それから、「帰れ《ゴー・ホーム》」——これはできが悪かったり、のろかったりしたときの言葉だ。

ヨロのフェア農園にある宿泊所の寝台が、わたしたちの家だった。ケトルマン農園の葉が茂るプラムの木陰に張られた長いテントが家だった。ローダイのバーンハート・トラクトにある七番キャンプの掘っ立て小屋が家だった。見渡すかぎりタマネギの畝だ。ジョン・ライマン農園の納屋で、農場主が大切にしている馬や牛の横に積まれたわらの寝床が家だった。ストックトンのキャナリー農園の洗濯場の隅が家だった。ロンポクの錆びた有蓋貨車の寝棚が家だった。ウィローズの鶏舎が家だった。わたしたちの前は中国人が住んでいた。ディクソンの梱包作業場の隅に置かれた、ノミだらけのマットレスが家だった。フレッド・ステイデルマンのリンゴ農園で、リンゴの木陰に置いた三個のリンゴ箱にのせた干し草の寝床が家だった。メアリーズビルにある、廃校の一角が家だった。アメリカン川の川岸にほど近い、オーバーンのナシ農園の地面が家だった。わたしたちは、毎晩、体を横たえると、アメリカの星を見上げた。ふるさとの星とそっくりだった。頭上には、牽《ひ》牛《こ》星《ぼし》があり、織姫星《おりひめぼし》があり、木星と水星があった。「緯度が同じなんだ」と夫は言った。作物が実り、収穫を待つ場所すべてが家だった。どこであれ、夫のいる場所が家だった。何年も何年も雇い主のために雑草を取りつづける男のかたわらが、家だった。

最初のうちは、彼らのことがいつも不思議でならなかった。どうして、馬に右ではなく左側から乗るのだろう。どうして、ひとりひとり見分けがつくのだろう。どうして、いつも怒鳴っているのだろう。壁に絵ではなく皿を飾るというのは本当だろうか。すべてのドアに鍵をかけるというのは本当だろうか。家のなかでも靴を履いているというのは本当だろうか。夜更けに眠りにつくとき、どんな話をするのだろう。どんな夢をみるのだろう。

だれにお祈りするのだろう。神さまは何人いるのだろう。月面に浮かぶのは、ウサギではなく人間だと思っているというのは本当だろうか。お葬式では、煮た牛肉を食べるのだろうか。牛の乳を飲むのだろうか。それに、あの臭いはなんだろう?「バター臭いんだ」と夫は言った。

彼らには近寄るなとわたしたちは言われた。どうしてもというときは、慎重に近づけ。彼らの言うことを、いつでも真に受けてはいけない。注意深く観察するように。手や、目や、口の端や、血色の急な変化に気をつけろ。すぐに読めるようになる。だが、絶対にじろじろ見てはいけない。彼らの体の大きさにはそのうち慣れる。最悪の事態を覚悟しろ。たまに親切にされることもあるが、驚くな。どこにでも、やさしさというものはある。彼らの気に障らないようにするのが大事だ。控えめに。礼儀正しく。よろこんでなんでもしますってところを見せろ。「はい」、「いいえ」と丁寧に答えて、言いつけに従え。もっといいのは、なにも言わないことだ。おまえはもう、見えない世界の一部なのだから。

彼らの鋤《すき》はわたしたちの体重よりも重くて扱いが難しく、彼らの馬は、ふるさとの馬の倍は大きかった。引き具をつけるには、オレンジの箱か腰かけにのらなければならず、馬に動けと声をかけても、最初は鼻を鳴らし、地面をひづめで蹴って、立っているばかりだった。耳が聞こえないのか。ばかなのか。それとも頑固なだけか。「アメリカの馬だから」と夫は言った。「日本語がわからないのさ」。だからわたしたちは、馬の英語を初めにいくつか覚えた。「ギディヤップ」は馬を前進させるとき、「バック」は後進させるときに言う。「イージー」は速度を落とさせるとき、「ウォウ」は止まらせるときに言う。わたしたちのなかには、アメリカで五十年過ごしても、そらで言える英語がこれしかない者もいた。

　わたしたちは船で、ガイドブックで彼らの言葉をいくつか学び——「こんにちは《ハロー》」「すみません《ベッグ・パードン》」「給料を払ってください《プリーズ・ペイ・ミー・マイ・ウエイジズ》」——ABCも言えたが、アメリカではそれを知っていても役に立たなかった。彼らの雑誌や新聞は読めなかった。看板はじっと見てあきらめた。**覚えているのは、eで始まるってことだけ。**雇い主の言っていることは、ちゃんと聞こえるのに意味をなさなかった。ごくたまに、わたしたちに気づいてもらわなければならないことがあると——**ミスター・スミース？**——彼らは当惑してわたしたちを見つめ、肩をすくめて立ち去った。

気にするな。辛抱しろ。腹を立てるな。今日のところは話すのは俺に任せろ、と夫はわたしたちに言った。夫はすでに英語を話せたからだ。夫はアメリカのやりかたを理解していた。わたしたちの新しい下着が必要になると、夫はプライドを飲みこんで、焼けつくように暑い畑を歩いて町へ行き、完璧だが訛りのきつい英語で、新しいのが欲しいと店員に言った。そして「俺のじゃない」と説明した。新しい農場に着くと、雇い主はわたしたちをひと目見て、「こんな弱い女じゃだめだ」と言い、そんなことはないと納得させるのは夫の役目だった。「畑に出れば妻は男並みに働きます」と夫は言い、たちまちその言葉通りになった。わたしたちがマラリアに罹って床から起きられないとき、どう具合が悪いか雇い主に説明するのは夫の役目だった。「最初は熱くて、それから冷たくなって、また熱くなった」。雇い主が、午後すぐに、じきじきに車で町に行って、わたしたちのために薬を買ってこようと言ったとき——「金の心配はしなくていい」——丁重に礼を言ったのは夫だった。その薬のせいで、わたしたちの尿は何日も濃い紫色になったけれど、まもなく具合はよくなった。

わたしたちのなかには、彼らの目に留まろうと、すばやく仕事をする者がいた。わたしたちのなかには、プラムを摘むのも、サトウダイコンの葉を切り落とすのも、タマネギを袋に詰めるのも、ベリーを箱に詰めるのも、男よりも速いとまではいかなくても、同じくらいできると示すために、すばやく仕事をする者がいた。子どものころからずっと、裸足のまま田んぼで身を屈めて過ごし、すでにやりかたが身についていたおかげで、仕事のすばやい者がいた。ぐずぐずしていると次の船で送り返すぞと夫に言われて、すばやく仕事をする者がいた。よく働く頑丈な嫁が欲しいと言ったんだ。都会育ちで鍬《くわ》など触ったことがなく、仕事が遅い者がいた。「アメリカ一簡単な仕事」とわたしたちは聞かされていた。わたしたちのなかには、生まれてからずっと病気がちで体の弱い者もいたが、リバーサイドのレモン農園で一週間働くと、雄牛よりも体力があるように感じられた。ひとりは、最初のひと畝の草むしりが終わる前に倒れた。泣きながら働く者もいた。悪態をつきながら働く者もいた。わたしたちはみな、痛みを抱えて働いた——手にはまめができて出血し、ひざはひりひりして、腰の痛みは消えなかった。隣の畝でアスパラガスの刈り取りをする男前のヒンドゥー教徒が気になって、働いているあいだ、その茶色い顔の上に巻かれた大きな白いターバンを脱がせることしか考えられなくなった者もいた。毎晩、グプタさんの夢を見るの。お経を唱えながら働く者もいて、そうすると時間があっという間に過ぎた。わたしたちのひとりは——アキコという名の、東京のミッションスクール出身者で、英語を学んでいたので、毎晩、夫に聖書を読んで聞かせていた——働いているあいだ、聖歌の「わがたましい」を歌った。多くの者は、子どものころ歌った収穫の歌を歌って、日本のふるさとにいるつもりになった。もし、わたしたちの夫が、手紙に本当のことを——絹商人ではなく、果物摘みの労働者だと、幾部屋もある大きな家に住んでいるのではなく、テントや納屋に住んでいたり、畑で、太陽と星の下で野宿したりしていると——書いていたら、わたしたちはアメリカに来ることも、まともなアメリカ人ならやらない仕事をすることも、絶対になかったはずだ。

彼らはわたしたちの強い腰とすばやい手をほめた。体力を、行儀のよさを、おだやかな気性をほめた。暑さに耐える並々ならない能力をほめた。ブロウリーのメロン畑では、夏にはときに五十度近くになった。わたしたちは背が低いから、地面に屈む作業にうってつけだと言われた。どこに置かれても、わたしたちは彼らを満足させた。中国人のよいところを——勤勉で、忍耐強く、つねに礼儀正しい——すべて備え、悪いところとは——博打や阿片にふけり、派手に喧嘩し、唾を吐く——無縁だった。フィリピン人よりも仕事が速く、インド人のように高慢ではなかった。朝鮮人よりも行儀がよかった。メキシコ人のように酔っ払わなかった。白人、黒人を問わず、オクラホマ州やアーカンソー州からの出稼ぎよりも、食費がかからなかった。**日本人は一日ティースプーン一杯の米でこと足りる。**あわたしたちは、彼らがこれまでに雇った、あらゆる人種の労働者のなかで一番だった。

の連中は渡っていくから、面倒を見る手間がいらない。

わたしたちは、昼間は彼らの果樹園や畑で働いたが、毎夜、眠りにつくと、ふるさとに帰った。ときには村に戻った夢を見て、ふたまたに分かれたお気に入りの木の枝で、金物の輪っかを転がして遊んだ。長者通りで、またあるときは、葦の茂る河原でかくれんぼをした。ときどき、川を流れてくるものが見えた。何年も前になくした赤い絹のリボン。小さな斑点のある青い卵。母の箱枕。四歳のときに逃げ出した亀。ときには、姉のアイと鏡の前に立っていることもあった。どの漢字を使うかにもよるけれど、アイという名は、愛という意味でもあり、哀しみという意味でもあった。姉はわたしたちの髪を編んでいた。「じっとして」と姉は言った。なにもかも、こうあってほしいと思うとおりだった。けれども目覚めると、隣には見知らぬ男が寝ていて、ここは見知らぬ土地で、小屋のなかは混みあって暑く、よその人のうなり声やため息に満ちている。隣の男が眠ったまま分厚くごつい手を伸ばしてくることがあるが、わたしたちは逃げずに我慢する。**十年もすれば、この男もじいさんだ**、と自分に言い聞かせる。ときどき、男たちは明けがたに目を覚まし、私たちが悲しそうなのを見ると、そのうちいいことがある、と約束する。わずか数時間前に、暗闇のなかでまたも覆いかぶさってきたときに、「あんたなんて大嫌いだ」と言ったばかりなのに、わたしたちはその言葉になぐさめられる。わたしたちには、夫しかいないからだ。夫は、わたしたちを見ても、わたしたちが目に入っていないことがある。それがなによりもつらい。**わたしがここにいることを、知っている人はいるのだろうか。**

彼らは、平日はずっとわたしたちを、畑で汗にまみれて働かせたが、日曜日には休みをくれた。夫たちはふらふらと街に出て、地元の中国人の賭場で番攤《ファンタン》をしては胴元に負けたが、わたしたちは筆と硯を用意して木陰に座り、けっしてそばを離れないと約束したふるさとの母に宛てて、薄くて長い和紙に手紙を書いた。わたしたちはアメリカにいます。ボスと呼ばれる雇い主のために草むしりをしています。こちらには桑の木や竹林はありませんし、道ばたのお地蔵さんもありません。丘は茶色に枯れて、雨はめったに降りません。山はとても遠くにあります。石油ランプを頼りに暮らしていて、週に一度、日曜日に、小川の濡れた石で着ているものを洗濯します。夫は写真に写っていた人ではありませんでした。夫は写真の人でしたが、ずっと歳を取っていました。写真に写っていたのは、夫と一番仲の良い美男子でした。夫は大酒飲みです。夫はヤマト・クラブを経営していて、胴体は入れ墨だらけです。夫は手紙に書いてあったよりも背が低いですが、それはわたしも同じです。夫は日露戦争で功六級金鵄勲章《きんしくんしょう》を受章して、今は目立つほど足を引きずって歩きます。夫はメキシコからの不法入国者です。夫は一九〇六年の大地震の前日に、サンフランシスコで船から逃げた密航者で、今も毎晩、フェリー乗り場に行かなければ、と必死になっている夢を見ます。夫はわたしを大切にしてくれます。夫はわたしといつも一緒にいます。夫はいい人で、わたしが仕事で人より遅れると、いつも余分に働いて、わたしがボスから『帰れ』と言われないようにしてくれます。

わたしたちは、夫から解放されたいとひそかに願っていた。もしかしたら、船に乗っていた同じ地方出身で、同じ山と川を覚えていたあの男と恋に落ちていたのかもしれない。その男のことが頭から離れなかった。毎日、甲板で、男は隣に立って、わたしたちがどんなに美しいか、賢いか、特別かを語った。これまでの人生で、わたしたちのような女には会ったことがないと男は言った。「僕を待っていてくれ。できるだけ早く迎えをやるから」と男は言った。もしかしたら、男はコルテスの労働者斡旋人だったのかもしれないし、サンノゼのダウンタウンにある貿易会社の社長だったのかもしれない。来る日も来る日も、わたしたちは太陽に焼かれた黒い土を手で掘りながら、男から手紙が来るよう祈った。来る日も来る日も、なにも起きなかった。ときどき、夜更けに寝るしたくをしていると、急に涙が止まらなくなって、夫が心配そうにわたしたちを見た。「俺がなにかひどいことを言ったか」と夫はたずね、わたしたちはただ首を横に振った。けれども、ある日、船の男からの手紙が本当に届き――きみの夫には金を送った、タイショー・ホテルで待っている――夫にすべてを話さざるをえなくなった。何度もベルトで叩かれて、言われてもしかたのない言葉で罵られたが、最後には行かせてくれた。船で出会った男から送られてきた金は、夫がわたしたちを日本から呼び寄せるのに使った金の数倍の額だったからだ。「少なくとも、これで俺たちのどちらかはしあわせになるな」と夫には言われた。「長く続くものなどなにもない」と言われた。「おまえの目を最初に見たときに、売女の目だと気づくべきだった」

ときどき、畑で背をかがめて働いていると、雇い主が背後から近づいて、わたしたちの耳元でささやいた。言葉はわからなかったが、なにを言いたいかははっきりわかった。「英語わかりません」とわたしたちは答えた。あるいは、「ボス、すみません、だめです」と言った。ときには、どこからか身なりのよい同胞の男がやってきて、一緒に都会に連れて帰ってやると言われることがあった。俺のところで働けば、畑の賃金の十倍の額を払ってやる。ときには、夫がその場を離れた瞬間に、夫の仕事仲間の独身男が近づいてきて、五ドル札をそっと手渡そうとした。「一度だけやらせてくれ」と男はわたしたちに言った。

「約束する。入れるだけで動かさない」ときどき、わたしたちは折れて、わかったと言う。「明日の晩、レタス小屋の裏に九時」と男に言う。あるいは、「あと五ドル出したら、やらせてやる」と言う。もしかしたら、わたしたちは夫に不満だったのかもしれない。夫たちは、毎晩出かけてトランプと酒に興じ、夜中まで帰らなかった。もしかしたら、わたしたちは故郷の家に仕送りしなければならなかったのかもしれない。洪水でまた田んぼがだめになったのだ。なにもかも失って、木の皮とゆでた芋しか食べるものがない。器量よしでなくても、よくこっそり贈りものを渡された。鼈甲《べっこう》のかんざし。香水。街の安雑貨店のカウンターからくすねてきた『モダン・スクリーン』という雑誌。けれども、贈りものを受け取ったのにお返しをしなければ、代償を支払うことになるのはわかっていた。あの男は女の指先を剪定ナイフで切り落としたってさ。だからわたしたちは、承諾する前によく考えて、相手の男の目を見つめることを学んだ。アメリカでは、どんなものも、ただでは手に入らないからだ。

わたしたちのなかには、移住労働者収容施設のコックとして働く者もいた。皿洗いとして働く者もいて、繊細な手が台なしになった。遠い内陸の平原《バレー》に連れて行かれて、彼らの土地の小作人として働かされた者もいた。もしかしたら、わたしたちの夫は、サン・ホアキン・バレー南部の中心に数千エーカーの土地を所有するコールドウェルという男から、二十エーカーの土地を借りて、毎年収穫の六十パーセントを納めていたのかもしれない。わたしたちは、だだっ広い畑の真ん中にあるヤナギの木陰に建つ、床は地面がむき出しの小屋に住み、わらを詰めたマットレスで眠った。屋外の地面に掘った穴で用を足した。水は井戸で汲んだ。来る日も来る日も、夜明けから日没まで、トマトを植えて収穫した。夫としか言葉を交わさない日が、何週間も続いた。なぐさみに猫を飼い、ネズミを捕らせた。夜になって戸口に立ち、西のほうを眺めると、遠くで揺らめく光がかすかに見えた。あそこに、人がいる、と夫は言った。ふるさとを離れるべきではなかったのはわかっていた。けれども、どんなに大きな声で母を呼んでも、聞こえないのはわかっていたから、今あるものを精一杯活かすしかなかった。雑誌からケーキの写真を切り抜いて壁に飾った。米袋を漂白してカーテンを縫った。ひっくり返したトマトの箱に布をかぶせて仏壇をつくり、毎朝、先祖のために熱いお茶を供えた。収穫期の終わりには、十五キロ歩いて街へ行き、自分のためにささやかなごほうびを買った。コカコーラひと瓶、新しいエプロン一枚、いつか使う機会があるかもしれない口紅一本。**コンサートに招待されるかもしれないわ。**作物が豊作で、高く売れて、夢にも思わなかったほど収入がある年もあった。**一エーカーあたり六百ドル。**虫や、うどんこ病や、ひと月続く大雨のせいで全部だめになったり、トマトの価格が暴落して、借金を返すために道具をすべて売り払うしかない年もあった。そんなときは、なぜこんなところにいるのだろうと思った。「あんたにくっついてこんなところに来たわたしがばかだった」とわたしたちは夫に言った。あるいは、「わたしの若さを返して」と言った。けれども夫に、それなら街でメイドとして働くか、にこにこして頭を下げ、一日中「かしこまりました、奥さま」ばかり言っているほうがいいかと問われると、それはいやだと答えるしかなかった。

バレーでは、彼らはわたしたちを隣人としては望まなかった。友人としては望まなかった。わたしたちは見苦しい小屋に住み、簡単な英語も話せなかった。金のことばかり気にしていた。耕作技術はお粗末だった。水を使いすぎた。耕しかたが足りなかった。夫はわたしたちを奴隷のように働かせた。やつらは、ただ働きさせるために、あの娘たちを日本から呼び寄せた。わたしたちは畑で一日中働きつづけ、手を休めて夕食をとることもなかった。石油ランプのあかりを頼りに、夜遅くまで畑で働いた。一日も休まなかった。日本人の農民が一生必要としないものがふたつある。時計とベッドだ。わたしたちは、彼らのカリフラワー栽培を奪いつつあった。ホウレンソウ栽培はすでにわたしたちのものだった。イチゴ栽培は独占し、豆類の市場を支配していた。わたしたちは、無敵で、止めようのない経済勢力だった。妨げられることがなければ、アメリカ合衆国西部は、じきに新たなアジアの開拓地になり、植民地になるだろう。

いく晩も、わたしたちは彼らを待ちかまえた。ときどき、彼らは車でわたしたちの小屋にやってきて、窓に散弾銃を撃ちこんだり、鶏小屋に火をつけたりした。梱包小屋をダイナマイトで爆破した。実りかけた畑を焼き払い、わたしたちはその年の収入をすべて失った。翌朝、土に足跡が残っていて、マッチ棒がたくさん散らばっていても、保安官を呼んで見てもらうと、こんなものでは手がかりにならないと言われた。それからというもの、夫は人が変わった。あいつらの世話にはならない。夜、わたしたちは靴をはいたまま寝て、ベッドの横には手斧を置き、夫は明けがたまで窓際に座って過ごした。ときには、物音に驚いて目を覚ますことがあったが、なんでもなかった――たぶん、世界のどこかで、桃が一個木から落ちたのだろう――ときには、夜どおし眠り、朝になって目覚めると、夫が椅子からずり落ちそうになりながらいびきをかいていることがあり、夫のひざにはまだライフルが載っていたから、わたしたちはそっと起こした。ときには、夫は番犬を買ってきて、ディックとかハリーとかスポットといった名前をつけ、やがて、わたしたちには示したことがないほどの愛情を、犬に注ぐようになった。まちがいだったのだろうか。こんなに乱暴で、敵意に満ちた土地に来てしまったのは。アメリカ人ほど残忍な種族がいるだろうか。

わたしたちのひとりは、全部彼らのせいだと言って、死んでしまえと願った。別のひとりは、全部彼らのせいだと言って、死んでしまいたいと願った。ほとんどは、彼らをまったく気にかけずに生きるようになった。仕事に没頭し、一本でもよけいに雑草を抜くことだけを考えた。鏡は片づけた。髪はとかさなくなった。化粧を忘れた。鼻におしろいを塗ると、山に霜が降りたみたいに見えた。仏さまを忘れた。神さまを忘れた。心に冷たさが宿り、今もそれは溶けていない。わたしの魂は死んでしまったのか。ふるさとの母に手紙を書くのをやめた。体重が減ってやせ細った。月経が止まった。夢を見るのをやめた。求めるのをやめた。わたしたちは、ひたすら働いた。それだけだった。一日に三度、夫と口もきかずに食事を流しこみ、急いで畑に戻った。「一分早く戻れば、一本多く雑草をむしれる」という思いが頭から離れなかった。毎夜、夫の相手をしたが、あまりに疲れていて、行為が終わる前に眠ってしまうことが多かった。週に一度、桶に熱湯を沸かして夫の服を洗濯した。夫の食事を用意した。夫のために掃除をした。薪割りを手伝った。けれども、料理をして、掃除をして、薪割りをしているのは、わたしたち自身ではなく、別の人間だった。多くの場合、わたしたちが姿を消しても、夫たちは気づきもしなかった。

わたしたちのなかには、田舎から引っ越して、彼らの街の郊外に住み、彼らをよく知るようになる者もいた。アザートンの邸宅や、バークレーのテレグラフ通りを上った高い丘にある邸宅の、使用人部屋に住んだ。アラメダの高級住宅地に住む、高名な胸部外科医であるジョルダーノ医師のような人のところで働く者もいた。夫がジョルダーノ家の芝生を刈って、ジョルダーノ家の庭木の剪定をして、ジョルダーノ家の落ち葉を掃いているあいだ、わたしたちは家のなかでジョルダーノ夫人と働いた。夫人は、ウェーブのかかった茶色い髪で、物腰がやさしく、ローズと呼んでほしいとわたしたちに言った。わたしたちはローズの銀器を磨き、ローズの家の床を掃き、ローズの幼い三人の子、リチャードとジムとテオの世話をして、毎晩、彼らの言葉ではない子守歌を歌って寝かしつけた。ねんねんよ、おころりよ。わたしたちは、こうなるとは思ってもいなかった。ここに来て、この子たちをまるで自分の子のように世話することになるとは。けれども、わたしたちがここに来たのは、なによりもジョルダーノ医師の老いた母、ルチアの世話をするためだった。ルチアはわたしたちよりもさらに孤独で、同じくらい背が低く、わたしたちを怖がらなくなると、そばから離れなかった。わたしたちがほこりを払ったり、モップをかけたりするあいだ、部屋から部屋へついてきて、ずっとおしゃべりをやめなかった。モルト・ベーネ。

ペルフェット！　バースタ・コシ。ルチアが亡くなって何年たっても、彼女の故国の思い出は、まるでわたしたちの故国の思い出のように残った。モッツアレーラ。ポモドーリ。ラーゴ・ディ・コーモ。姉や妹と、毎日買いものに出かけた広場。イタリア、イタリア、ああ、もう一度この目で見たい。

わたしたちが、なによりも知っておかなければならないことを教えてくれたのは、白人の女たちだった。コンロに火をつける方法。ベッドの整えかた。来客の取りつぎかた。握手のしかた。蛇口の使いかた。わたしたちの多くは、蛇口を見るのは生まれて初めてだった。電話のかけかた。腹を立てていても、悲しくても、電話では快活な声で話す方法。目玉焼きの作りかた。ジャガイモの皮のむきかた。食卓を整える方法。十二人のパーティーのために、五皿のディナーを六時間で仕上げる方法。煙草に火をつける方法。煙を吐いて輪を作る方法。メアリー・ピックフォードそっくりに髪をカールさせる方法。夫のお気に入りの白いワイシャツについた口紅を、たとえその口紅が自分のものでなくても、洗って落とす方法。街でスカートを持ち上げて、ちょうどいいだけくるぶしをみせる方法。悩殺するんじゃなくて、じらすのよ。夫と話す方法。夫と口論する方法。夫をだます方法。夫が離れていかないようにする方法。どこに行っていたのとか、何時に帰るかなんてきいちゃだめ。それから、ベッドではかならず満足させることね。

わたしたちは彼女たちが大好きだった。彼女たちが大嫌いだった。彼女たちになりたかった。なんて背が高くて、美しくて、色が白いのだろう。長くて優雅な手足。白く輝く歯。白く明るい肌は、顔の七難を隠した。奇妙だけれどかわいらしく、いつまでも飽きなかった――エーワン・ソースが大好きで、つま先のとがったかかとの高い靴を履いて、おかしな外股で歩き、たがいの家の客間にしょっちゅう大勢で騒がしく集まって、立ったまま、何時間もいっせいにしゃべりつづける。どうして一度も座ろうと思わないのか、わたしたちは不思議だった。彼女たちはこの世界でくつろいでいるように見えた。とても気楽そうだった。わたしたちにはない自信を持っていた。それに、わたしたちと違って、髪がとてもすてきだった。色が本当にさまざまだ。彼女たちのようになりたくてもなれず、わたしたちは残念だった。

夜更けに、彼らの堂々たる邸宅の裏にある、窓のない狭い部屋で、わたしたちは彼らのまねをした。「あなたがご主人で、わたしが奥さま」とわたしたちは夫に言った。「いや、おまえがご主人で、俺が奥さまだ」と夫が言うこともあった。彼らのやりかたを想像した。

どんなことを言うのか。どちらが上か。どちらが下か。ご主人は声を出すのだろうか。奥さまは？　朝は手足をからめたまま目覚めるのだろうか。あるいは、暗闇で静かに横たわり、その日のできごとをおたがいに話すこともあった。敷物のほこりをはたいた。シーツを煮沸した。芝生の南側で、ナイフを使ってしつこい雑草を抜いた。終わると、わたしたちは掛けぶとんにくるまり、目を閉じて、もっといい時代が来ることを夢見た。樹木の茂る長い道に建つ、庭はいつも花が満開の、すてきな白い自宅。バスタブにはあっというまに湯が溜まる。召使いは、毎朝、丸い銀のお盆で朝食を運んでくるし、すべての部屋を手で掃除する。小間使い。洗濯女。丈の長い白い上着を着た中国人の執事は、わたしたちがベルを鳴らして「チャーリー、お茶を」と言ったとたんにやって来る。

彼女たちはわたしたちに新しい名前をつけた。わたしたちをヘレンやリリーと呼んだ。マーガレットと呼んだ。パールと呼んだ。わたしたちの小柄な体つきと長くつややかな黒髪に感心した。勤勉さをほめた。あの子は仕事が終わるまで絶対に手を休めない。彼女たちはわたしたちを近所の人々に自慢した。友人に自慢した。ほかのどの子よりも、わたしたちのほうがずっと好きだと言った。ここまでできるお手伝いはほかにない。悲しくて、ほかに話し相手がいないと、わたしたちに深刻な黒い秘密を打ち明けた。彼に言ったことはぜんぶ嘘。夫が仕事で家を空けると、さびしいといやだから、わたしたちに一緒の寝室で寝てほしいと言った。夜中に呼ばれて、朝まで一緒に寝たこともあった。「大丈夫、大丈夫」とわたしたちは声をかけた。「泣かないでください」と。彼女たちが夫以外の男性と恋愛関係になると、昼間に出かけて逢い引きしているあいだ、わたしたちが子どもの世話をした。「この格好、おかしくない?」と彼女たちはわたしたちに意見を求めた。「スカートがぴったりしすぎているかしら」わたしたちは彼女たちのブラウスから見えない糸くずを払い、スカーフを結び直し、乱れた髪の房を整えて、ちょうどよく垂らした。なにも言わずに白髪を抜いた。そして、「お美しいです」と言って、送り出した。夜、いつもの時間にご主人たちが帰ってくると、わたしたちはなにも知らないふりをした。

彼女たちのなかには、サンフランシスコのノブヒルという丘の上に建つ、荒廃した邸宅にひとりで暮らしていて、十二年間も外に出たことがない人がいた。ドレスデン出身の伯爵夫人で、フォークより重いものは持ったことがない人がいた。ロシアでボルシェビキから逃れ、毎夜、オデッサにある父の家に戻った夢を見る人がいた。なにもかも失ったの。わたしたちの前は黒人しか雇ったことがない人がいた。中国人を雇っていやな思いをした人がいた。あの連中には四六時中目を光らせていなければならない。床掃除のときに、モップではなく、かならず這いつくばって磨けと言う人がいた。ぞうきんを持って手伝ってくれようとするが、結局、じゃまになるばかりの人がいた。手のこんだ昼食を高級な陶器の皿に用意して、わたしたちはどんどん仕事を進めたいというのに、一緒にテーブルにつくよう勧めてくれる人もいた。お昼まで寝間着から着替えない人がいた。頭痛持ちが何人かいた。多くの人が悲しみを抱えていた。ほとんどが酒を飲んだ。毎週金曜の午後に、わたしたちをダウンタウンのシティ・オブ・パリス百貨店に連れていって、なにか新しい衣類を選ぶよう言ってくれる人がいた。なんでも好きなのを選びなさい。わたしたちに辞書と白い絹の手袋をくれて、英語の入門クラスに通わせてくれた人がいた。うちの運転手が下であなたを待っているわ。自分で教えようとする人もいた。これはバケツ。これは地図。これはほうき。わたしたちの名前をまったく覚えられない人がいた。毎朝キッチンでは暖かくあいさつしてくれるのに、街で行きあっても、わたしたちが誰かさっぱりわからない人もいた。働いていた十三年間、ほとんど言葉をかけてくれなかったのに、亡くなると、わたしたちに財産を遺してくれた人がいた。

一番いいのは、彼女たちが美容院やクラブでの昼食会に出かけていて、ご主人はまだ会社で、子どもたちもまだ学校から帰っていないときだった。だれもわたしたちを見ていなかった。だれも話しかけてこなかった。作りつけの家具を掃除しているときに、磨き残しがないか確かめようとだれかがうしろからそっと近づいてくることもなかった。家にはだれもいなかった。静まりかえっていた。わたしたちのものだった。わたしたちはカーテンを開けた。窓を開けた。新鮮な空気を吸いながら部屋から部屋へ歩き、彼らのものからほこりを払って磨いた。どこを見ても光っているように。わたしたちの心は、いつもより落ち着いていた。びくびくしていなかった。このときだけは、自分自身でいられた。

わたしたちのなかには、彼らの物を盗む者も幾人かいた。最初は、なくなっても気づかれないようなささやかなものだった。こっちで銀のフォークを一本。あっちで塩入れをひとつ。ブランデーを、たまにこっそりひとくち。手に入れずにはいられない、美しいバラの模様のティーカップをひとつ。美しいバラの模様のソーサーを一枚。母の翡翠《ひすい》の仏さまと同じ緑色をした磁器の花びん。わたしはとにかく美しいものが好きなの。何日もカウンターに置きっぱなしになっていた、ひとつかみの小銭。けれども、それ以外のわたしたちは、誘惑を感じても、手は出さなかった。その実直さは、十分に報われた。二階にある奥さまの寝室に入らせてもらえる使用人はわたしだけ。黒人はみんな、下のキッチンから出られない。

彼女たちのなかには、なんの前触れもなく解雇する人がいて、なにがいけなかったのか、わたしたちにはわからなかった。「おまえが美しすぎたんだ」と夫たちは言ったが、それが本当とは、とうてい信じられなかった。わたしたちのなかには、あまりに不器用で、一週間ももたないと自分でもわかる者もいた。火を通すのを忘れたまま、肉を夕食に出した。毎回、オートミールを焦がした。一番上等なクリスタルのゴブレットを落とした。まちがってチーズを捨てた。「腐っていると思ったんです」とわたしたちは弁解した。すると、「そういうにおいなの」と言われた。彼女たちの英語がなかなか理解できない者がいた。本で学んだ英語とは、まったく違っていた。洗濯ものをたたんでもらってかまわないかしら、と言われて、「かまいます」と答え、モップをかけてほしいと言われて「ありません」と答え、金のイヤリングがないのだが、どこかで見なかったかときかれて、「そうですか」と笑顔で答えた。なにを言われても、「うん、うん」としか答えない者がいた。わたしたちの料理の腕前について、夫が彼女たちに嘘を言っていたこともあった――妻の得意料理は、**チキン・キエフとビシソワーズです**――けれども、わたしたちが得意なのは米を炊くことだけだとすぐにばれた。わたしたちのなかには、使用人のいる屋敷で育ったので、人から指図されるのに耐えられない者がいた。彼女たちの子どもとうまくやれない者がいた。子どもたちは攻撃的で騒がしかった。わたしたちがまだ部屋にいるのに、彼女たちが子どもにうっかり言った言葉に文句をつけた者もいた。**もっと一生懸命勉強しないと、リリーみたいに床掃除をして過ごすことになりますよ。**

彼女たちのほとんどは、わたしたちを気にも留めなかった。わたしたちは呼ばれたら行って、用がすんだら、パッと消えた。背景から出ることなく、静かに彼女たちの床にモップをかけ、家具をワックスで磨き、子どもを風呂に入れ、家のなかの、わたしたちにしか目につかないような場所を掃除した。めったに口をきかなかった。小食だった。気性はおだやかだった。善良だった。やっかいごとは起こさず、どのように扱われても平気だった。彼女たちがわたしたちのことを気に入ったときは、ほめさせておいた。腹を立てたときは、怒らせておいた。本当は欲しくないものや、いらないものも、くれるときはもらっておいた。**もしあの古いセーターを受け取らなかったら、奥さまに気位が高すぎるって言われる。**わたしたちはうるさく質問しなかった。口答えしたり文句を言ったりしなかった。給料を上げてくれと言うことはなかった。わたしたちのほとんどは素朴な田舎娘で、英語はまったく話せず、アメリカでは、シンクを磨いたり床を拭いたりするしかないと、わかっていたからだ。

わたしたちは、母への手紙には彼らのことは書かなかった。姉妹や友人への手紙には、書かなかった。日本では、女中というのは女にとって一番卑しい職業だったからだ。わたしたちは畑をやめて、街にあるすてきな家に引っ越し、夫は一流の家庭で仕事に就きました。わたしはだんだんふくよかになっています。女盛りです。背が一センチ半伸びました。下着を使うようになりました。コルセットとストッキングを身に着けています。白い木綿のブラジャーをしています。毎朝九時までゆっくり寝て、午後は外に出て、庭で猫と過ごします。おしりが大きくなりました。歩幅が広くなりました。字の読みかたを習っています。ピアノを習っています。アメリカ式のお菓子作りを習っていて、このあいだはレモンメレンゲ・パイを作って、コンテストで一等賞になりました。ここに来たらきっと気に入ると思います。通りは広くて清潔で、靴をはいたままで芝生を歩けます。いつも心にかけています。できるだけ早く家にお金を送ります。

ときどき、彼女らの夫のなかには、妻が買いものに出かけているあいだに、ちょっと話があるといってわたしたちを書斎に呼ぶ人がいた。わたしたちはどう断わったらいいかわからなかった。「困ったことはないかい」とご主人はたずねた。たいてい、わたしたちはうつむいて床を見つめ、たとえそうではなくても、困ったことはありませんと答えた。けれども、ご主人に肩に軽く手をかけられ、もう一度本当かいとたずねられると、わたしたちはいつも顔をそむけるとは限らなかった。「ほかの人には秘密だ」とご主人は言った。あるいは、「妻は遅くまで帰らない」と言った。そして、ご主人がわたしたちを二階の寝室に連れていって、ベッドに寝かせると――わたしたちがその日の朝に整えたベッドだ――わたしたちは泣いた。だれかに抱きしめられるのは、本当に久しぶりだったからだ。

彼らのなかには、わたしたちの声を聞きたいから、日本語でなにか言ってくれと言う者もいた。どんな言葉でもかまわない。一番上等な絹の着物を着て、背骨の上をゆっくり何度も歩いてほしいという人もいた。わたしたちの花柄の帯で縛りつけ、頭に浮かんだ汚い言葉を浴びせてほしいと言う人もいた。自分でも驚くような言葉が浮かび、これまで口にしたことがないのに、あまりにやすやすと出てくるのでわたしたちは驚いた。本当の名前を教えてくれという人がいた。彼らはその名を何度も何度もささやき、やがてわたしたちは、自分がだれなのかわからなくなった。ミドリ、ミドリ、ミドリ。彼らのなかには、とても美しいと言ってくれる人がいた。わたしたちは、自分が田舎くさくて十人並みの顔立ちだとわかっていたのに。日本では、わたしは見向きもされません。どうだったか、痛かったか、痛くてもよかったかときく人もいた。わたしたちは正直に、はいと答えた。少なくともあなたといると、生きている実感があります。嘘をつく人がいた。こんなことするのは初めてだ。だからわたしたちも、お返しに嘘をついた。わたしもです。金をくれる人がいた。わたしたちはその金を靴下に忍ばせ、その夜、なにも言わずに夫に渡した。わたしたちのために妻と別れるという人がいた。わたしたちには、相手にそんなつもりはないとわかっていたけれど。わたしたちを身ごもらせたと知らされる人もいた——夫は半年以上わたしに触れていません——彼らはわたしたちを追い出した。「堕ろしてこい」と彼らは言った。「金は出す」と言った。「すぐによその働き口を探してやる」

わたしたちのなかには、ご主人に恋をするという過ちを犯す者がいて、今でもその男のことを夜も昼も考えている。夫にすべてを告白した者がいる。夫は妻をほうきの柄で叩き、突っ伏して泣いた。ひとりは夫にすべてを告白し、離婚されて日本の親元に送り返され、今は長野の製糸場で一日に十時間働いている。ひとりは夫にすべてを告白し、夫は妻を許したあとで、ひとつではない自分の過ちを告白した。俺にはコルサに別の家族がいる。わたしたちのなかには、だれにもなにも言わず、しだいに頭がおかしくなった者がいる。どうしたらいいか母に手紙を書いた者がいる。これまではなんでも教えてくれた母だったが、返事は来なかった。**この橋はわたしひとりで渡らなければならないんだ。**婚礼用の白い絹の着物の袖に石を詰め、海に入った者がいる。今も毎日、わたしたちは彼女のために念仏を唱える。

わたしたちのなかには、街の場末にあるビリヤード場や酒屋の上階に置かれた売春宿で、彼ら専門に相手をするようになってしまった者がわずかながらいた。トウキョウ・ハウスの二階の窓から大声で彼らに呼びかけ、一番若い者は十歳そこそこだった。ヨコハマ・ハウスでは、絵の描かれた扇子越しに彼らを見つめ、相応の金を払ってもらえれば、家で妻が応じないようなことも、なんでもした。アロハ・ハウスでは、サキ女王とか、やんごとなきサクラ姫などと、甲高い少女のような声で名乗り、出身はどこかときかれると、にっこりと「京都のほう」と答えた。ニュー・エデン・ナイトクラブでは、彼らとダンスして、十五分につき五十セント請求した。一緒に二階に来たければ、一回五ドル、朝までいたければ二十ドル請求した。客の用が済むと、金は雇い主に渡した。雇い主は、毎晩、賭博をして、警察には欠かさず賄賂を渡し、わたしたちに同胞の相手はさせなかった。**おまえのようにかわいい娘は、金貨千枚もの価値がある。**

ときどき、彼らと寝ていると、ふと、逃げてきたはずの夫が恋しくなった。本当に悪い人だったのかしら。本当に乱暴だったのかしら。本当につまらない人だったのかしら。ときどき、雇い主に、恋することもあった。畑仕事を終えたわたしたちを、ナイフで脅して誘拐した男なのに。ボスはわたしに物をくれる。話しかけてくれる。散歩に行かせてくれる。ユリーカ・ハウスに一年いたら、ふるさとに戻る旅費が稼げると自分に言い聞かせることもあったが、年末に手元に残ったのはわずか五十セント、それと淋病をもらっただけだった。来年こそは、とわたしたちは自分に言い聞かせた。さもなければ、再来年。けれども、一番の美人でさえ、時間に限りがあるのはわかっていた。この稼業では、二十歳までに用済みになるか、死ぬかだからだ。

名前は明かせないが、彼らのなかには、わたしたちを売春宿から身請けして、モンテシートの並木道に面した邸宅に連れ帰った人もいた。窓にはハイビスカスが飾られ、テーブルは大理石で、ソファは革張りで、お客さんがいつ来てもいいように、ガラスの皿にはナッツが盛られていた。白い愛犬には、わたしたちが日本に残してきた犬にちなんで、シロという名をつけた。そして、一日に三回、シロと楽しく散歩した。電気冷蔵庫があった。

蓄音機があった。マジェスティック社製のラジオがあった。玄関先にはT型フォードがあって、毎週日曜には、クランクを回してエンジンをかけ、ドライブに出かけた。コンスエロという名の小柄なメイドがいて、フィリピンから来た彼女は、カスタードやパイ作りの腕がすばらしく、つねにわたしたちの気持ちの一歩先を読んでいた。わたしたちがうれしければ気づいた。悲しければ気づいた。前の晩に喧嘩すると気づいたし、楽しんだときも気づいた。そのすべてを、わたしたちは新しい夫に永遠に感謝した。夫がいなければ、わたしたちはまだあそこで働いていた。**あの人を見た瞬間、救われたってわかった。**けれどもときどき、わたしたちはふと、残してきた男のことを考えた。わたしたちの持ちものは、家を出た翌日に燃やしただろうか。手紙は破っただろうか。わたしたちを憎んだだろうか。寂しく思っているだろうか。わたしたちが生きているか死んでいるか、気にしているだろうか。今もサッター通りのバーナム家で庭師をしているのだろうか。もうスイセンは植えただろうか。芝生に種を蒔きなおしただろうか。今も毎晩、夕食はバーナム夫人の広々としたキッチンで、ひとりで食べているのだろうか。それとも、夫人のお気に入りの黒人メイドとやっと仲よくなっただろうか。今も寝る前に、『園芸の手引き』を毎晩三ページずつ読んでいるだろうか。今もいつの日か執事長になることを夢見ているだろうか。ときどき、夕方の最後の光が衰えはじめるころに、わたしたちは黄ばみかけた男の写真をトランクから取り出して、これを最後と見てみる。けれども、いくら思い切ろうとしても、捨てることはできない。

わたしたちの多くは、アメリカに来て三日目には、ブリキの洗い桶に屈みこんで、彼らのものをひっそりと洗うことになった。しみのついた枕とシーツ、汚いハンカチ、汚れたシャツの襟。白いレースのスリップはあまりに美しくて、下着ではなく上に着るものだろうとわたしたちは思った。サンフランシスコ、サクラメント、サンタバーバラ、ロサンゼルス——都会の一番荒れた地区にある日本人町の、地下にある洗濯室でわたしたちは働いた。毎朝、夜明け前に、わたしたちは夫とともに起きて、洗濯し、煮沸し、こすり落とした。夜、ブラシを置いてベッドに入ると、まだ洗濯を続けている夢を見た。その夢は、何年も、毎晩、繰り返された。わたしたちは、ロイヤル・ハンド・ランドリーの奥にある、カーテンで仕切られた小部屋で暮らすために、はるばるアメリカに来たわけではなかったが、もう帰れないのはわかっていた。おまえが帰ってきたら、と父からの手紙には書かれていた。わが家の恥になる。おまえが帰ってきたら、妹たちは嫁に行けなくなる。戻ってきても、おまえをまた嫁に取る男はいない。だからわたしたちは、新しい夫と日本人町に残り、早々に老けこんだ。

日本人町では、彼らをほとんど見かけなかった。わたしたちは、夫がやっている食堂やそば屋で、週に七日給仕をして、なじみの客を全部覚えた。ヤマモトさん、ナツハラさん、エトウさん、コダマさん。夫がやっている安宿の部屋を掃除して、わたしたちとよく似た客のために一日二回料理した。食料品はフジオカ食料品店で買った。ふるさとのものが、なんでも売っていた。緑茶、ミツワ石鹼、お線香、梅干し、豆腐、干しワカメ。ワカメは甲状腺の病気と風邪の予防になる。夫のために密造の日本酒を買った。売っているのはサード・ストリートとメイン・ストリートの角にある、売春宿の下のビリヤード場で、わたしたちは裏通りの売春婦にまちがわれないように、行く前にはかならず白いエプロンをつけた。服はヤダ婦人服店で買い、靴は、わたしたちにちょうどいいサイズのある、アサヒ靴店で買った。美顔クリームはテンショウドウ薬局で買った。毎週土曜日にはお風呂屋さんに行って、近所の人や友だちとうわさ話をした。キサヨが旦那さんに玄関をまたがせないって本当？　ミキコがトウヨウ・クラブのトランプ賭博のディーラーと駆け落ちしたって本当？　ハギノのあの髪はなに？　まるでネズミの巣だね。歯が痛いときはヨシナガ歯科に行って、腰やひざが痛いときは鍼灸師で指圧もするハヤノ先生に行った。心の問題でアドバイスが必要なときは――あの人と別れるべきか、このままのほうがいいか――女占い師のムラタさんに行った。ムラタさんは、セカンド・ストリートにある青い家の、アサカワ質店の二階に住んでいて、わたしたちはその家のキッチンに座って、顔を伏せ、手をひざにのせて、彼女が神さまのお告げを受けるのを待った。今、彼と別れたら、次はないだろう。これらはみな、四つの街区しかない一角で繰り広げられていた。そこは、わたしたちがあとにしてきた日本の村よりも、もっと日本的だった。目を閉じたら、今、自分が外国に住んでいるなんてまったくわからない。

日本人町を離れて、彼らの街の広くきれいな通りを歩くときは、人目を引かないように気をつけた。彼らと同じ服装をした。同じように歩いた。大勢で歩かないようにした。控えめにふるまい――身のほどをわきまえていれば、目をつけられずにすむ――できるだけ彼らの気に障らないようにした。それでも、ひどい目に遭わされることがあった。男たちはわたしたちの夫の背中を叩き、大声で「しゅいましぇぇん」と言いながら、夫の帽子をはたき落とした。彼らの子どもには石を投げつけられた。ウェイターにはいつも一番後回しにされた。劇場の客席係には上階へ案内され、二階桟敷《さじき》の一番悪い席に座らせられた。黒人の天国と呼ばれていた席だ。床屋には散髪を拒まれた。髪が硬すぎて、うちのはさみじゃ無理だ。女たちは、路面電車でわたしたちがすぐそばに立っていると、もっと離れろと言った。「すみません」とわたしたちは言って、ほほえんで遠ざかった。抵抗する唯一の方法は、抵抗しないことだと夫に教えられていたからだ。けれどもたいていは、わたしたちは家に、日本人町にいた。そこにいれば、日本人同士で安心だった。わたしたちは彼らとは距離を置いて暮らすようになり、できるかぎり避けて過ごした。

いつか、彼らの土地を去ろう、とわたしたちは自分自身に約束した。懸命に働いてお金を貯めて、よその土地に移ろう。アルゼンチンか、メキシコか。ブラジルのサンパウロか。日本人が王族のように暮らせると夫が言っていた、満州のハルビンか。去年、俺の兄さんが行って大もうけした。もう一度最初からやりなおそう。自分たちで屋台の果物屋を出そう。自分たちの貿易会社を作ろう。自分たちの高級ホテルを開こう。サクランボ果樹園を作ろう。柿の果樹園を作ろう。千エーカーの肥沃な黄金の畑を買おう。ものごとを学ぼう。行動しよう。孤児院を建てよう。寺を建てよう。まだ乗ったことのない汽車に乗ってみよう。一年に一度、結婚記念日に、口紅をつけて、レストランで食事をしよう。白いテーブルクロスがかかってろうそくが灯っている、高級なお店で。お金を十分に貯めて、親に楽な暮らしをさせてやれるようになったら、荷物をまとめて日本に帰ろう。季節は秋で、父さんは田んぼで脱穀しているだろう。桑畑を歩いて、大きなビワの木や、春にはオタマジャクシをつかまえた古いスイレン池を通り過ぎる。うちの犬が駆け寄ってくるだろう。近所の人は手を振ってくれるだろう。母さんは井戸の横にしゃがみ、たすきをかけて、夕食の米を研いでいるだろう。そして、わたしたちを見ると、立ち上がって見つめるだろう。「おや、おまえ」と母さんは言うだろう。「いったいどこに行っていたんだい」

けれどもそれまでは、わたしたちはあと少しアメリカに留まり、彼らのために働こう。わたしたちがいなければ、彼らはどうにもならないだろう。だれが彼らの畑のイチゴを摘むのか。だれが彼らの木になった果実をもぐのか。だれが彼らのニンジンを洗うのか。だれが彼らのトイレを掃除するのか。だれが彼らの服を繕うのか。だれが彼らのシャツにアイロンをかけるのか。だれが彼らの枕をふかふかにするのか。だれが彼らのシーツを替えるのか。だれが彼らの朝食を作るのか。だれが彼らのテーブルを片づけるのか。だれが彼らの子どもをあやすのか。だれが彼らの年寄りを風呂に入れるのか。だれが彼らの話の聞き手になるのか。だれが彼らの秘密を守るのか。だれが彼らにかわって嘘をつくのか。だれが彼らにお世辞を言うのか。だれが彼らのために歌うのか。だれが彼らのために踊るのか。だれが彼らのために泣くのか。だれが彼らにもう片方の頬も向け、いつの日か――わたしたちはもう疲れたから、年を取ったから、そうできるからという理由で――彼らを許すのか。愚か者だけだ。そして、わたしたちは着物をたたみ、トランクにしまって、何年も取り出さなかった。

赤ん坊

わたしたちは、夏に、オークの木の下で、気温四十五度の暑さのなかで、出産した。その年一番冷え込んだ夜に、ひと間しかない小屋の薪ストーブのかたわらで、出産した。カリフォルニア・デルタにある風の強い干拓地で、到着から六カ月後に出産し、赤ん坊は小さくて半分透きとおっていて、三日後に死んだ。到着から九カ月後に出産し、赤ん坊には黒い髪がたっぷり生えていて、非の打ちどころがなかった。エルクグローブとフローリンの、ほこりっぽいブドウ農園の移住労働者収容施設で出産した。インペリアル・バレーの人里離れた農場で出産した。介助は、『主婦の友』でやりかたを学んだ夫、ただひとりだった。**最初に、鍋に湯を沸かします……**。リアルトで、石油ランプのあかりを頼りに、絹の古布団の上で出産した。布団は、トランクに入れて日本から持ってきたものだった。まだお母さんのにおいがする。遠いマクスウェルの納屋で、マキヨと同じように、厚く重ねたわらのベッドで出産した。動物のそばにいたかった。セバストポルのリンゴ農園で、ひとりで出産した。珍しいほど暖かいある秋の朝に、丘を上って薪拾いをしたあとのことだった。へその緒は持っていたナイフで切って、娘を腕に抱いて家に戻った。リビングストンのテントで、日本人の産婆の介助で出産した。産婆は隣町から三十キロ以上の距離を馬の背に揺られて来てくれた。街で出産したが、わたしたちを診てくれる医者はなく、自分で後産を始末した。母さんがやるのを何度も見たから。街で出産したが、医者はたったひとりで、費用はわたしたちには払えなかった。わたしたちはリングワルト医師の介助で出産した。医師は代金を受け取らなかった。「お金は取っておきなさい」と医師は言った。同胞に囲まれて出産した。サンフランシスコ、クレメント・ストリートにあるタカハシ助産院で。サンノゼ、ノース・フィフス・ストリートのクワバラ病院で。カストロビルの田舎の悪路で、夫のダッジの荷台で出産した。あっというまに産まれてしまった。フレンチキャンプの宿泊所の、新聞紙を広げた土間で出産した。産婆がこれまで見たことないほど大きな子だった。五六七〇グラム。コンドウさんという魚屋の奥さんの助けで出産した。コンドウのおばさんは、日本でわたしたちの母と知り合いだった。村で二番目の美人だったね。ガーデナのアダチ理髪店のレースのカーテンの陰で、夫がオオタさんに週に一度のひげそりをしているあいだに出産した。ヒゴ雑貨店の上階のアパートで、仕事を終えたあとにさっさと出産した。ベッドの支柱をつかみ、夫をののしりながら——あんたのせいだ！——出産した。夫はもう二度とわたしたちに触れないと約束した。イーグル・ハンド・ランドリーのアイロン室で朝の五時に出産し、その晩すぐに、夫はベッドでキスしはじめた。あの人に言ったのよ、「待てないの？」って。母と同じように静かに出産した。母は、大声を上げたことがなかったし、文句を言うこともなかった。母さんは、最初の陣痛が来るまで田んぼで働いていた。ノギクのように、泣きながら出産した。ノギクは熱が出て、三カ月間、床を離れられなかった。二時間でやすやすと出産し、そのあと頭痛が始まって、五年間悩まされ続けた。夫が出ていった六週間後に出産し、残された子を手放さなければよかったと、今では思っていた。結局、あの子のあとには授からなかった。森でこっそり出産した。その子は自分の子ではないと、夫は知っていた。オークランドの売春宿の、色あせた花柄のベッドカバーの上で出産し、そのあいだじゅう隣の部屋からは、壁越しにあえぎ声が聞こえていた。ペタルーマの下宿屋で出産した。ロシアン・ヒルの上に建つカーマイケル判事の家を出て二週間後のことだった。奥様のミセス・リッピンコットとお別れしたあとに出産した。奥様は、おなかの大きいメイドが玄関でお客様を迎えるのをいやがったからだ。みっともないわ。親方の妻のセニョーラ・サントスの助けで出産した。

彼女はわたしたちの太ももをがっしりつかみ、いきむようにと言った。エンプへ！　エンプへ！　エンプへ！　夫がチャイナタウンで賭博をしているあいだに出産した。翌朝、酔っ払って戻ってきた夫と、わたしたちは五日間、口をきかなかった。あの人は、ひと晩で、今季の稼ぎを全部すってしまった。申年に出産した。酉年に出産した。戌年と辰年と子年に出産した。ウラコのように、満月の日に出産した。日曜に、エンシニータスの小屋で出産し、翌日には赤ん坊を背中におぶって、畑に出てベリーを摘んだ。たくさん子どもを産んだので、たちまち何がいつのことやらわからなくなった。ノブオとショウジロウとアヤコを産んだ。タメジはわたしたちの兄とそっくりで、うれしくてじっと顔に見入った。あら、兄さん！　エイキチは近所の男にそっくりで、それからというもの、夫はわたしたちの目を見ようとしなかった。ミスズは、へその緒を数珠のように首に巻きつけて産まれ、いつの日か尼僧になるとわたしたちは思った。仏さまのおしるしよ。ダイスケは耳たぶが大きく、いつの日か裕福になるだろうとわたしたちは思った。マサジは遅くにできた子で、わたしたちが四十五歳になって、もう跡取りを産むのは無理だろうとあきらめたところに産まれた。もうとっくにあがったと思っていた。フジコは産まれてすぐに父親の声がわかった。おなかにいるときから、うちの人は毎晩歌って聞かせていたの。ユキコは、「雪」という意味の名前だった。アサノは、太ももががっしりして首が短く、男にしたほうがいいような子だった。カメチヨは、とても不細工で、結婚相手が見つかるか心配だった。地震さえ止まってしまいそうな顔だからね。自分の子とは信じられないほど、とても美しい赤ん坊を産んだ。わたしたちはアメリカ市民権を有する子を産み、子どもの名義でようやく土地を借りられた。夜泣きのひどい子どもを産んだ。足が内側に曲がった子を産んだ。病気がちで顔色の悪い子を産んだ。どうすればいいか知っているはずの母がいないまま、子を産んだ。指が六本あって目があさっての方向を向いている子を産んだ。産婆はすぐにナイフを研ぎはじめた。あんたは妊娠中にカニを食べたね。夫との最初の夜に淋病をうつされ、目の見えない子を産んだ。災難のしるしと考えられていた双子を産んで、ひとりは「一日かぎりのお客さん」にしてほしいと産婆に頼んだ。どっちにするかは、あんたが決めるんだ。十五年で十一人の子を産んで、七人しか残らなかった。三十歳までに、男六人、女三人産んで、ある晩、夫を押しのけて、「もうたくさん」と静かに言った。九カ月後に産まれた子は、「おしまい」という意味のスエコと名付けた。「ああ、またか!」と夫は言った。十八カ月間隔で、女五人、男五人を産んで、五年後に産んだ子には、「十一」という意味のトイチと名付けた。びりっけつの子だ。おなかに冷たい水をかけたり、何度もポーチから飛び降りたりしたのに、子を産んだ。どうやっても流せなかった。産婆にもらった、子どもができないようにする薬を飲んだのに、子を産んだ。夫は肺炎で具合が悪く、わたしが畑で働かなきゃならなかった。最初の四年は子宝に恵まれず、お稲荷さんに願掛けしたら、男が六人、立て続けに産まれた。子どもをたくさん産みすぎて、子宮が飛び出てしまい、出てこないように特別な下ばきをはかなければならなかった。もう少しで産まれるところで、赤ん坊が横を向いてしまい、出てきたのは片腕だけだった。もう少しで産まれるところで、赤ん坊の頭が大きすぎて、三日間いきんだ末に、夫を見上げて「ごめんなさい」と言って、死んだ。出産したが、産まれた子はひどく弱々しくて、泣きもしないので、ストーブのそばのゆりかごに寝かせて、ひと晩ほうっておいた。朝までもてば、そのあとも生きられるだろう。産まれた子は、おとこおんなで、すぐにぼろきれで窒息させた。出産したが、お乳が出ず、一週間で子は死んだ。出産したが、赤ん坊は子宮ですでに死んでいて、わたしたちはその子を裸のまま小川のそばの畑に埋めたが、何度も引っ越したので、その子のいる場所は、もう思い出せない。

子どもら

わたしたちは子どもらを、木陰の溝や畝や籐籠のなかにそっと寝かせた。わたしたちは子どもらを、毛布の上に、畑のはしっこのござの上に、裸で寝かせておいた。わたしたちは子どもらを、木のリンゴ箱のなかに寝かせて、豆畑を鍬で一列耕すごとに乳を飲ませた。子どもらが大きくなって、やんちゃになると、椅子に結わえつけることもあった。わたしたちはレディングで、冬のさなかに子どもを背中にくくりつけて、ブドウの剪定をしにいった。あまりに寒くて、子どもらの耳が凍えて血がにじむ朝もあった。初夏のストックトンで、わたしたちは子どもらをそばの溝のなかに置いておいて、タマネギを掘り起こして袋詰めしたり、初物のプラムを摘みはじめたりした。わたしたちがいないあいだ遊べるよう、子どもらに棒を与え、わたしたちがちゃんとそこにいることをわからせようと、ときおり声をかけた。犬をかまうんじゃないよ。ハチにさわっちゃだめよ。そこから動くんじゃないよ、でないとパパにうんと叱られるからね。子どもらが飽きて母を求めて叫びはじめても、わたしたちは働きつづけた。そうしなければ借りている金を返せないとわかっていたから。ママは行けないのよ。そしてしばらくすると、子どもらの声は小さくなっていって、泣きやむ。一日が終わって空にもう光がなくなると、わたしたちはどこかに横になって寝ている子どもらを起こして、髪についた土を払ってやった。さあ、おうちへ帰ろうね。

なかには、頑固で強情で、わたしたちの言うことをひとつも聞こうとしない子もいた。仏さまより穏やかな子もいた。坊やはにこにこしながら生まれてきたの。ある女の子は誰よりも父親のことが好きだった。ある子は鮮やかな色が嫌いだった。ある男の子は自分のブリキのバケツを持たずにはどこへも行こうとしなかった。ある女の子は十三カ月のときにカウンターの上の牛乳のコップを指さして、「ちょうだい」と言って、乳離れしてしまった。実際の年よりも賢い子も幾人かいた。坊やは老人の魂を持って生まれてきたって、占い師に言われたの。子どもらはテーブルで大人のように食事した。けっして泣かなかった。けっして不満をもらさなかった。けっしてご飯に箸を立てたりしなかった。子どもらは、わたしたちが近くの畑で働いているあいだ、一日じゅう物音ひとつたてずにひとりで遊んだ。何時間も土の上に絵を描いていた。抱き上げて家に連れて帰ろうとすると、いつも首を振って、「重くてたいへんだよ」とか「ママ、休んで」とか言った。子どもらはわたしたちが疲れていると心配してくれた。わたしたちが悲しげにしていると心配してくれた。わたしたちの膝が痛んだり、月の障りだったりすると、わたしたちが言わなくても察してくれた。夜になると、木の板の上で干し草にくるまって、子犬のように、わたしたちといっしょに寝た。そしてアメリカに来て初めて、わたしたちはベッドで誰かが隣にいるのを嫌だと思わなかった。

わたしたちにはきまってお気に入りがいた。たぶん初子《ういご》のイチローだったのではないか。あの子のおかげで、わたしたちは前みたいに寂しくなることが、ずっと減った。うちの人はもう二年以上、あたしに口をきいてくれない。それとも、わたしたちの二番目の息子、ヨイチ。四歳になるころには、ひとりでに英語を読めるようになっていた。あの子は天才よ。それとも、ソノコ。あの子はいつもなにがなんでもというような猛烈な勢いでわたしたちの袖をひっぱっておいては、何を言いたかったのか忘れてしまった。「あとで思い出すわ」とわたしたちは言ってやった。けっして思い出すことなどなかったのだけれど。わたしたちのなかには、娘のほうをひいきする者もいた。穏やかで善良だからだ。わたしたちの母もそうだったように、息子のほうをひいきする者もいた。農場じゃ、息子のほうが稼ぐからね。息子たちには、娘たちよりもたくさん食べさせた。口論の際には息子たちの肩を持った。より上等な服を着せた。息子たちが熱を出すと、いつも有り金を残らずさらえて医者へ連れて行ったが、娘たちは家で介抱した。娘の胸にからし湿布をして、風神さまに祈った。娘たちは結婚したらわたしたちから去っていくけれど、息子たちはわたしたちが年老いたら養ってくれるとわかっていたからだ。

わたしたちの夫は、ふだんは子どもらとかかわらなかった。夫たちはただの一度もおむつを替えることはなかった。汚れた皿一枚洗わなかった。箒にはけっして手を触れなかった。夕方、畑から帰ったわたしたちがどれほど疲れていようと、夫たちは腰を下ろして新聞を読み、わたしたちは子どもらのために夕食を作り、夜なべして衣類の山を洗ったり繕ったりした。夫たちはけっしてわたしたちを、自分より先に寝かせてはくれなかった。夫たちはけっしてわたしたちに、日が昇ってから起きるような真似はさせてくれなかった。おまえがそんなことをしたら、子どもらの悪い手本になる。夫たちはわたしたちに五分間の休息さえ与えてはくれなかった。夫たちは口数のすくない、外仕事ばかりしてきた男で、泥だらけのつなぎを着てどすどす家を出入りしながら、吸枝《きゅうし》が伸びてきたことやインゲンマメの価格、今年は畑から何箱くらいセロリが収穫できそうか、ひとりでぶつぶつつぶやいた。めったに子どもらに話しかけることはなかったし、名前を思い出すことさえなさそうだった。**三番目の坊主に、歩くときに背中を丸めるなと言え。**食卓があまりにやかましくなると、夫たちは手を叩いて叫んだ。「もうたくさんだ！」子どもらのほうも同様に、父親にはぜんぜん話をしたがらなくなった。子どもらの誰かがなにか話のあるときにはいつも、わたしたちを通した。**五セント要るってパパに話しておいて。馬が一頭具合が悪いと、パパに言っといてよ。一カ所剃り残してるってパパに言って。どうしてそんなに年寄りなのか、パパに訊いて。**

働かせられるようになるとすぐ、わたしたちは子どもらを畑に出した。サン・マーティンで、子どもらはわたしたちとイチゴを摘んだ。ロス・オソスで、わたしたちと豆をもいだ。ヒューソンやデル・レイのブドウ園で、子どもらを後ろで這わせながら、わたしたちはレーズン用のブドウを切り取って木のトレイに並べて日に干した。子どもらは水を汲み上げた。やぶを切り払った。シャベルで雑草を掘り起こした。薪を割った。骨がしっかり固まらないうちから、インペリアル・バレーの夏の灼熱のなかで、鍬をふるった。なかには動きがのろくて空想にふけりがちで、カリフラワーの苗をいく列もぜんぶ、間違えて上下逆さまに植えてしまった子もいた。雇われた手伝いのいちばん早い者よりも早くトマトを選別することができる子もいた。泣き言を言う子はたくさんいた。子どもらは腹痛を起こした。頭痛を起こした。埃のせいで目が猛烈に痒くなった。言われなくとも毎朝長靴を履く子もいた。ある男の子はお気に入りの剪定ばさみを持っていて、毎晩夕食のあとに納屋で研ぎ、ほかの誰にも触らせなかった。ある子は虫のことを考えずにはいられなかった。**どこにでもいるんだよ。**ある日、タマネギ畑のまんなかにすわりこんで、あたしなんか生まれてこなければよかった、と言った女の子もいた。子どもらをこの世に産み落としたのは正しいことだったのだろうかと、わたしたちは思った。**子どもらにおもちゃひとつ買ってやるお金さえ、あったためしがないんだから。**

それでもなお、子どもらは何時間も、畑で子牛のように戯れた。子どもらはブドウの支柱の折れたのを剣にして、木陰で引き分けになるまで戦った。新聞紙とバルサ材で凧を作り、糸にナイフを結わえつけて風の強い日に空中戦をやった。針金と藁をねじって人形を作り、林のなかで、先の尖った箸で人形を酷い目に遭わせた。月の明るい夜に果樹園で、わたしたちが日本でやっていたのと同じように、影踏みをした。缶蹴りやジャックナイフ投げやジャンケンをした。わたしたちが市場へ行くまえの晩に釘と板でいちばんたくさん木箱を作れるのは誰か、手を離さずにクルミの木にいちばん長くぶら下がっていられるのは誰か、競争した。四角い紙を折って飛行機や鳥を作り、飛ばして眺めた。カラスの巣や、ヘビの皮や、カブトムシの死骸や、ドングリや、線路わきの錆びた鉄の杭を集めた。惑星の名前を覚えた。たがいの手相を見た。あなたの生命線は異常に短いです。たがいの運勢を占った。いつの日か、あなたは列車で長い旅に出るでしょう。夕食のあと、石油ランプを持って納屋へ行き、屋根裏でママ・パパごっこをした。さあ、お腹をぴしゃっと叩いて、死にそうな声を出すのよ。そして暑い夏の夜、三十七度もあるときには、外の桃の木の下に毛布を広げて、川岸でピクニックする夢を見た。新しい消しゴムや、本や、ボールや、菫色の目を瞬く陶器の人形を夢に見た。いつかそのうち家を出て、ずっとむこうの素晴らしい世界へと向かう夢を見た。

農場のむこうには、家のなかだけで育って畑や川のことは何も知らない奇妙な青白い子どもたちがいると、子どもらは聞いていた。その子どもたちのなかには、木の一本すら見たことがない者もいると、子どもらは聞いていた。その子たちのお母さんは、その子たちを外に出してお日さまの下で遊ばせてくれないんだ。農場のむこうには、しゃれた白い家々が並んでいて、金縁の鏡があって、ドアノブはクリスタルで、陶器の便器はチェーンを引っ張ると水が流れるのだと、子どもらは聞いていた。それにぜんぜんにおわないんだ。農場のむこうには、硬い金属のスプリングが詰め込まれているのになぜか雲のように柔らかいマットレスがあると、子どもらは聞いていた（都会で女中をしているゴローの姉は、むこうのベッドは柔らかすぎて、床の上で寝なければならなかったと、帰ってきたときに話した）。農場のむこうには、毎朝ベッドで朝食を食べる母親や、オフィスで日がな一日クッションつきの椅子に座り、電話に向かって大声で指示を与えている――そしてそうやって給料をもらっている――父親がいると、子どもらは聞いていた。農場のむこうでは、どこへ行こうとあんたはつねによそ者で、うっかり違うバスに乗ったら家に帰る道が二度とわからなくなるかもしれないと、子どもらは聞いていた。

子どもらは小川でオタマジャクシやトンボを捕まえて、ガラス瓶に入れた。子どもらはわたしたちがニワトリを絞めるのをじっと見ていた。丘で鹿のいちばん新しい寝床を見つけて、丈の高い草がぺちゃんこになったその丸い寝床のなかに寝そべった。元に戻るのにどのくらいかかるか確かめようと、トカゲのしっぽをむしり取った。何も起こらないじゃないか。巣から落ちたスズメのひなを家へ持ち帰って、砂糖を入れたお粥を爪楊枝で食べさせたが、朝になって起きてみると、スズメは死んでいた。「自然はお構いなしなのよ」とわたしたちは子どもらに言った。子どもらはフェンスに腰かけて、隣の畑の農夫が牝牛を牡牛のところへ連れていくのを見守った。子どもらは母猫が自分の子猫たちを食べてしまうのを目にした。「よくあることよ」とわたしたちは話した。夜遅く、わたしたちが夫に抱かれる物音を子どもらは聞いていた。器量はとうの昔に衰えているのに、夫はわたしたちをほうっておいてはくれなかった。「暗いなかじゃ、おまえの見ばえなんて関係ない」ということだった。子どもらは毎晩、家の外の、火を焚いて沸かす大きな木の風呂桶で、わたしたちといっしょに風呂をつかい、湯気のたつ熱い湯のなかに顎まで沈んだ。子どもらは頭を後ろにもたせかけた。目を閉じた。わたしたちの手を握ろうと手を伸ばしてきた。子どもらは質問した。自分が死んだらどうやってわかるの？　もしも鳥がぜんぜんいなかったらどうなるんだろう？　体じゅうに赤いぶつぶつができて、でもどこも痛くなかったら？　中国人は豚の足を食べるってほんと？

子どもらはお守りとしていろいろなものを持っていた。瓶の赤い蓋。ガラス玉。満州に駐屯しているおじさんが送ってくれた、スンガリ川の岸辺を二人のロシア美人がそぞろ歩いている絵葉書。子どもらは幸運をもたらす白い羽をいつもポケットに入れ、柔らかい布に包んだ石も持っていて、引き出しから出しては手に握りしめた——胸騒ぎがおさまるまでのちょっとの間だけ。子どもらには秘密の言葉があって、不安なときにはいつもひとりで呟いた。子どもらにはお気に入りの木があって、ひとりになりたいといつも登った。頼むから、みんなどっか行って。子どもらには大好きな姉がいて、その腕に抱かれるとすぐさま眠ってしまった。子どもらは兄のことは嫌っていて、兄と部屋で二人きりになるのを拒んだ。兄ちゃんに殺される。子どもらは犬を飼っていて、離れがたく思っており、ほかの誰にも言えないことをぜんぶ打ち明けた。パパのパイプを壊しちゃって木の下に埋めたんだ。子どもらには自分なりのルールがあった。枕を北向きにして寝てはいけない（ホシコは枕を北向きにして寝たら、真夜中に呼吸が止まって死んだ）。子どもらには自分なりの儀式があった。浮浪者のいたところにはかならず塩をまかなくてはならない。子どもらには自分なりの俗信があった。朝クモを見たら、幸運に恵まれる。食べたあと横になると牛になる。籠《かご》を頭にかぶると、それ以上背が伸びなくなる。一輪だけの花は死を意味する。

わたしたちは子どもらに、舌を切られたスズメの話や、恩義に厚いツルの話、木に止まるとき、いつも忘れず両親に上の枝を譲る子バトの話を聞かせた。わたしたちは子どもらに努めて行儀を教えようとした。箸先を人のほうへ向けてはいけません。お箸をしゃぶってはいけません。**お皿の料理の最後のひとつを取っちゃいけません。**子どもらがひとに親切にすると、わたしたちは褒めたが、良いことをしたからといってお返しを期待してはならないと教えた。子どもらが口ごたえしようとすると、すぐに叱りつけた。施しはけっして受け取ってはならないと教えた。自慢してはならないと教えた。わたしたちの知っていることはぜんぶ教えた。大身代も一セントから。悪事を働くよりは悪しき病に苦しむほうがまし。受け取ったものはすべて返さなくてはならない。アメリカ人のように騒々しくしてはいけない。中国人には近寄るな。**あの連中はわたしたちのことを嫌ってる。**韓国人には気を付けて。**やつらはわたしたちを憎んでいる。**フィリピン人のいるところでは油断してはいけない。**あいつらは韓国人よりたちが悪い。**沖縄の人と結婚しちゃいけない。**あれは本物の日本人じゃない。**

田舎ではとくに、わたしたちは子どもらを早くに亡《うしな》うことがよくあった。ジフテリアや麻疹《はしか》で。扁桃炎。百日咳。一晩で壊疽を起こすえたいの知れない感染症。子どもらのひとりは屋外便所で毒のある黒いクモに咬まれ、熱を出して寝込んだ。ひとりはわたしたちのお気に入りだった灰色のラバに腹を蹴られた。ひとりはわたしたちが箱詰作業をする小屋で桃を選別しているあいだにいなくなり、あらゆる岩の下や木の下を探したのに女の子は見つからず、そのあとわたしたちはまるで別人になってしまった。**生きる気力がなくなってしまったの**。ある男の子は、わたしたちがルバーブを市場へ運ぼうと運転していたトラックから転げ落ち、こん睡状態に陥って、二度と目を覚まさなかった。ひとりは、言い寄られてはわたしたちが何度も肘鉄を食らわせていた、近所の果樹園のナシ摘み作業員によって誘拐された。**承知しておけばよかった**。もうひとりは納屋の裏で密造酒の蒸留器が爆発したときにひどい火傷を負い、一日しかもたなかった。**あの娘が最後にあたしに言ったのは「ママ、空を見上げるのを忘れないでね」って言葉だった**。おぼれ死んだ子も何人かいた。ひとりはカラベラス川で。ひとりはナシミエント湖で。ひとりは灌漑用の水路で。ひとりは洗濯桶で。一晩じゅう出しっぱなしにしておいてはいけないことくらい、わかっていたのに。そして毎年八月のお盆になると、わたしたちはあの子らのお墓の上の白い紙の灯籠に明りを灯し、あの子らの霊が一日だけこの世に戻ってくるのを迎えた。そしてその日の終わりに、あの子らの霊が帰っていくときが来ると、無事に家路につけるよう、紙の灯籠を川に浮かべた。あの子らは今では仏さまで、極楽浄土に住んでいるのだから。

わたしたちのなかには子どもを持てない者もわずかながらいて、これは最悪の運命だった。家の名を継承する後継ぎがいなければ、わたしたちのご先祖さまの霊は消滅してしまう。遠路はるばるアメリカまで来たのが無駄になった気がする。わたしたちは、祈禱師を訪れてみることもあった。わたしたちは子宮の形が悪く、それはどうすることもできないのだと祈禱師は言った。「運命というのは神々によって定められているんですよ」彼女はそう言って、わたしたちを追い返した。あるいは、わたしたちは鍼師のイシダ先生に相談した。先生はわたしたちを一目見ると言った。「陽《よう》が多すぎる」そして、わたしたちの陰《いん》と血を増やす薬草をくれた。やがて三カ月後、わたしたちはまたも流産してしまった。夫に日本の実家へ送り返されることもあり、そこでは生涯噂につきまとわれることとなった。「離縁された」と近所の人たちはひそひそ囁く。そして、「ヒョウタンみたいに干上がってるらしい」と。髪をばっさりぜんぶ切り落として、身ごもらせてもらえないものかと子授け観音に捧げてみることもあったが、それでもやはり、毎月出血しつづけた。そして、たとえ夫が、父親になろうがなるまいがどうでもいいと言ってくれても——俺の唯一の望みはおまえのそばで年老いていくことなんだ、と夫は言ってくれた——持てなかった子どもらのことを思うのは止められなかった。毎晩、子どもらがうちの窓の外の木立のなかで遊んでいるのが聞こえるの。

日本人町で、子どもらはわたしたちと、一家で営む床屋や風呂屋の裏の部屋や、暗くて一日じゅう明りをつけっぱなしにしておかなくてはならないペンキも塗られていない狭いアパートで、ひと部屋に八、九人でいっしょに暮らした。子どもらはうちのレストランで、ニンジンを刻んでくれた。子どもらはうちの果物屋台で、リンゴを袋詰めしてくれた。自転車に乗って、食料品の袋をお客の家の裏口へ配達した。地下の洗濯場で白い物と色物を仕分けし、たちまち赤ワインのシミと血とを見分けられるようになった。子どもらはうちの下宿屋の床を掃いた。タオルを替えた。シーツを剝いだ。ベッドを整えた。ドアを開けて、見てはならないものを見てしまった。**あの男の人、祈ってると思ったんだ、でも死んでた。**子どもらは毎晩、4Aにいる年配の寡婦、長崎出身のカワムラさんに夕食を運んだ。彼女はドレクセル・ホテルの客室係をやっていて、自分の子供はいなかった。**主人は博打打ちで、たったの四十五セントしか残してくれなかったの。**子どもらはロビーで独身のモリタさんと碁を打った。彼は三十年前にエンプレス・ハンド・ランドリーでアイロンかけ職人として働きはじめ、今もなおその店でアイロンかけ職人として働いていた。**時が過ぎるのはあっという間だ。**子どもらは庭から庭へと手入れにまわる父親にくっついていき、生垣の刈り込み方や芝生の刈り方を覚えた。子どもらはわたしたちが通りのむかいの家々の掃除を終えるまで、公園の木のベンチに座って待っていた。**知らない人と話しちゃだめよ、**とわたしたちは子どもらに言い聞かせた。**しっかり勉強しなさい。辛抱するのよ。**なにをやるにしろ、母さんみたいになっちゃだめ。

学校で、子どもらはお手製の服を着て、メキシコ人たちといっしょに教室の後ろに座り、おずおずと口ごもりながらしゃべった。けっして手は上げなかった。けっして笑みは浮かべなかった。休み時間には、校庭のすみっこにかたまって、自分たちだけで、恥ずかしい自分たちのないしょの言葉でひそひそ話した。カフェテリアでは、いつもランチの列の最後だった。なかには――わたしたちの初めての子――英語がほとんどわからない子もいて、発言を求められると、いつも膝が震えはじめた。ある女の子は先生から名前を訊かれて、「シックス」と答え、そのとき起こった笑い声が何日も耳から離れなかった。べつの男の子は自分の名前はテーブルだと答え、生涯そう呼ばれた。もう学校へ行かせないでくれとわたしたちに懇願する子も多かったが、何週間かするうちに、子どもらは動物の名前をぜんぶ英語で言えるようになり、いっしょにダウンタウンへ買い物に行くと、目に入る看板を片端から読み上げるようになった――丈の高い木の柱がある通りはステート・ストリートというのだと、子どもらは教えてくれた、不愛想な床屋のある通りはグローヴ、株式市場が暴落したあとでイタミさんが川に飛び込んだ橋はラスト・チャンス・ブリッジ――そして、子どもらはどこへ行こうが自分の欲しいものを伝えることができた。チョコシェイクひとつ、お願いします。

ひとつ、またひとつと、わたしたちが教えたかつての言葉は子どもらの頭から消え始めた。子どもらは日本語の花の名前を忘れてしまった。色の名前を忘れてしまった。お稲荷さんや雷さまや貧乏神の名前を忘れてしまった。貧乏神は、わたしたちがけっしてその手から逃れられない神様だ。**この国でどれだけ長く暮らそうと、あたしたちは土地を買わせてはもらえない。**子どもらは、河川を守ってくれて、わたしたちに井戸をきれいにしておくことを求める水の女神、水神《すいじん》の名前を忘れてしまった。雪あかりやスズムシ、夜逃げといった言葉を忘れてしまった。夜も昼もわたしたちを見守ってくれる死んだご先祖様のお仏壇でなんと言うのか、忘れてしまった。数え方を忘れてしまった。お祈りの作法を忘れてしまった。子どもらは今では日々新しい言葉で生活している、あの二十六の文字はいまだにわたしたちの頭には入らない。もう何年もアメリカで暮らしているのに。**わたしが覚えたのはXという文字だけ、銀行で名前のところに書けるようにね。**子どもらは、あのlとrをやすやすと発音した。毎週土曜日にお寺へ日本語の勉強に行かせても、ひとつも覚えてこなかった。**うちの子が行くのは、店で働かなくてすむからというだけの理由なの。**でも、あの子らの寝言が聞こえてくるといつも、あの子らの口から出てくる言葉は——ぜったいに確かだ――日本語だった。

子どもらは自分に、わたしたちが選んでやったのではないし、わたしたちには発音もしかねる新しい名前をつけた。ある女の子は自分をドリスと呼んだ。ある女の子は自分をペギーと呼んだ。たくさんの子が、自分をジョージと呼んだ。サブローは中国人そっくりだったのでほかのみんなからチンキーと呼ばれた。トシタツはとても色黒だったのでハーレムと呼ばれた。エツコは学校の初日に担任の男性教師、スレイター先生から、エスターという名前をもらった。「先生のお母さんの名前なのよ」と彼女は説明した。その言葉にわたしたちは「あんたの名前だってそうよ」と応じた。スミレは自分のことをヴァイオレットと呼んだ。シズコはシュガーだった。マコトはまさしくマック。シゲハル・タカギは九歳のときにバプティスト教会の信者になり、ポールと名前を変えた。エジソン・コバヤシは生まれつきの怠け者だったが、写真のように正確な記憶力を持っていて、会ったことのある人の名前を一人残らず言えた。グレイス・スギタはアイスクリームが好きではなかった。**冷たすぎるもん**。キティー・マツダは何も期待せず、何も得なかった。一メートル九十センチある小柄《タイニー》なホンダはわたしたちが目にしたいちばん大柄な日本人だった。モップ・ヤマサキは髪を長く伸ばし、女の子みたいな服装をするのが好きだった。左腕《レフティー》・ハヤシはエマーソン中学のスター・ピッチャーだった。サム・ニシムラはちゃんとした日本の教育を受けるために東京へやられていて、六年半ぶりにアメリカへ戻ってきたばかりだった。あの子、また一年生からやり直しだって。デイジー・タカダは姿勢が申し分なく、物事を四回単位でやるのを好んだ。メイベル・オオタの父親は三回破産した。レスター・ナカノの一家は、衣類はすべてグッドウィル（民間慈善団体）で買っていた。トミー・タカヤマの母親は——誰でも知っていたが——娼婦だった。あの人子どもが六人いて父親はべつべつの五人の男なの。でね、子どものうち二人は双子なの。

たちまち、わたしたちには子どもらが我が子とわかりかねるようになった。子どもらはわたしたちよりも背が高く、体重も重かった。信じられないくらい騒々しかった。ガチョウの卵を温めて孵したカモの気分だわ。子どもらはわたしたちといるよりも仲間といるほうを好み、わたしたちが言うことは一言もわからないふりをした。わたしたちの娘はアメリカ流に大股で歩き、はしたなくそそくさと行動した。服の着方がひどくだらしなかった。牝馬のように尻を振った。学校から帰ってきたとたん、苦力《クーリー》みたいにペチャクチャしゃべり、頭に浮かんだことをなんでも口にした。デンプシー先生ったら折れ耳なの。わたしたちの息子はばかでかく成長した。息子たちは毎日朝食に、味噌汁の代わりにベーコンと卵を食べたがった。箸を使うことを拒否した。牛乳を何ガロンも飲んだ。ごはんの上にケチャップをべったりかけた。ラジオから聞こえるような完璧な英語をしゃべり、わたしたちが台所の竈神の前でお辞儀をして柏手を打っているのを見つけるといつも、さもあきれたという顔をして「ママ、頼むよ」と言った。

だいたいにおいて、子どもらはわたしたちのことを恥ずかしいと思っていた。わたしたちのよれよれになった麦わら帽子やみすぼらしい服を恥じていた。わたしたちのひどい訛りを。なんも、もんだいなぁい？　わたしたちのひび割れてたこのできた掌を。深いしわが刻まれ、何年も太陽の下で桃を摘んだりブドウの苗に支柱をたてたりしてきたおかげで真っ黒になったわたしたちの顔を。子どもらはスーツを着てネクタイを締めて出勤し、芝は日曜日に刈るだけの、ブリーフケースを手にした本物の父親を切望した。べつの、もっと上等な、こんなにくたびれ果てた顔をしていない母親を欲しがった。ちょっと口紅くらいつけたらどう？　田舎では、子どもらは雨の日に怖気をふるった。学校が終わるとわたしたちがおんぼろの古ぼけた農場のトラックで迎えにくるからだ。子どもらは、日本人町の、家族がひしめきあっている我が家へ、けっして友だちを招かなかった。うちの暮らしは乞食みたいだ。天長節にいっしょにお寺へ行くのを嫌がった。毎年夏の終わりに公園で虫を放す放生会《ほうじょうえ》を、わたしたちといっしょにやろうとはしなかった。秋分の日のお祭りに手を貸すことも、通りでわたしたちといっしょに踊ることも拒んだ。朝起きたらいちばんにわたしたちにお辞儀しなさいと言うたびに笑い飛ばし、そして一日過ぎるごとに、子どもらはどんどんわたしたちの手から離れていくようだった。

なかには並外れて語彙が豊富になり、クラス一の優等生になった子もいた。カリフォルニアの野花《のばな》についての作文で最優秀賞をもらった。科学で最優等だった。先生から「よくできました」の金の星をクラスで誰よりもたくさんもらった。毎年収穫期のあいだに落ちこぼれ、同じ学年を二度繰り返さなくてはならない子もいた。ある女の子は十四で妊娠し、西日本の辺鄙な地域にある養蚕農家の祖父母のもとへやられた。**あの子、いつになったら帰れるのかって、毎週あたしに手紙を寄越すの**。ある男の子は自ら命を絶った。学校をやめた子も幾人かいた。少数ながら手が付けられなくなった子もいた。彼らは自分たちのグループを作った。自分たちのルールを決めた。**ナイフは禁止。女の子は禁止。中国人は入れない**。夜遅くうろつきまわって喧嘩する相手を探した。**フィリピン人をぶちのめしに行こうぜ**。自分たちの地区を離れるのが面倒くさいときには、地元で、仲間うちで喧嘩した。**このクソッタレのジャップめ！**　頭を下げっぱなしにして、努めて目につかないようにしている子たちもいた。パーティーには一切行かなかった（パーティーには一切招かれなかった）。楽器には一切触らなかった（触る楽器など一切持っていなかった）。バレンタインカードは一度ももらわなかった（バレンタインカードは一度も送らなかった）。ダンスは好きじゃなかった（ダンスできる靴を持っていなかった）。夢の世界へ迷い込んだかのように、目をそらし、教科書を胸にしっかり押し付けて、幽霊のような足取りで廊下を歩いた。誰かに背後から名前を呼ばれても、耳に入らなかった。誰かから面と向かって名前を呼ばれても、頷くだけで歩き続けた。数学のクラスでいちばん古い教科書を与えられても、肩をすくめて淡々と受け入れた。**どっちにしろ代数はあんまり好きじゃないから。**自分の写真が学校アルバムの巻末に掲載されていても、気にしないふりをした。「まあこんなもんさ」とひとりごちる。「どうってことないよ」と。それから「かまうもんか」と。なぜなら子どもらは知っていたからだ、なにをやろうが、ほんとうに溶け込めることはけっしてないのだと。**おれたちはただのアジア人《ブッダ・ヘッド》だからな。**

子どもらは、どのお母さんが自分たちを迎え入れてくれるか（ミセス・ヘンケ、ミセス・ウッドラフ、ミセス・アルフレッド・チャンドラー三世）、どのお母さんは駄目か（ほかのお母さん全員）わかるようになった。子どもらは、どの床屋なら散髪してくれるか（ニグロの床屋）、どの床屋は避けるべきか（グローヴ・ストリートの南側の不愛想な床屋）学んだ。ぜったいに自分たちには得られないものがあるということを学んだ。もっと高い鼻、もっと白い肌、遠くからでもそれとわかりそうなもっと長い脚。毎朝ストレッチをしてるんだけど、効果ないみたい。いつならYMCAへ泳ぎに行っていいか――毎週月曜日は有色人種《カラード》の日です――ダウンタウンのパンテイジズ・シアターへいつなら映画を観に行ってもいいか（一切だめ）学んだ。いつでもかならず、まずレストランに電話しなければならないということを学んだ。日本人でも食事できますか？　日中ひとりで出かけないということを、暗くなってから路地で追い詰められてしまったときにはどうすればいいかを学んだ。柔道ができるんだぞって言えばいい。そして、もしそれが効かなかったら、拳で反撃することを学んだ。こっちが強いと尊敬してくれる。子どもらは守ってくれる人を見つけることを学んだ。自分たちの怒りを隠しておくことを学んだ。はい、もちろんです。かまいません。それでいいです。どうぞどうぞ。自分の不安をけっして見せないことを学んだ。生まれつきほかの人たちよりも恵まれている人間がいるのだということ、この世ではかならずしも計画どおり事が運ぶとは限らないのだということを学んだ。

それでもなお、子どもらは夢を見た。ある女の子は、日曜日にベリーを摘まなくてもいいように、そのうち牧師と結婚するのだときっぱり言った。ある男の子は、自分の農場を買えるくらいの金を貯めようと思っていた。ある男の子は、自分の父親と同じくトマト栽培をやりたいと思っていた。なんでもいいから父親と同じではないものになりたいと思う子もいた。ブドウ園を作りたいと思う子もいた。自分のブランドを立ち上げたいと思う男の子もいた。**フクダ果樹園《オーチャーズ》って名前にするんだ。**農場を出ていく日が待ちきれない女の子もいた。まわりの誰もこれまで町を出たことがないというのに、大学へ行きたいと思っている女の子もいた。**突拍子もないことだっていうのはわかってるの、だけど……。**田舎暮らしが大好きで、出ていきたいなどとはけっして思わない子もいた。**ここにいるほうがいいわ。あたしたちが誰か、誰も知らないのよ。**もっと何かが欲しいと思いながらそれが何なのかはっきり言えない子もいた。**とにかくこれじゃ足りない。**ハイハットシンバル付きのスイングキング・ドラムセットが欲しいと思っている子もいた。斑のポニーを欲しがっている子もいた。新聞配達の仕事に就きたいと思っている男の子もいた。ドアに鍵のついた自分の部屋を欲しがっている女の子もいた。**入ってくる人は誰でもまずノックしなくちゃいけないの。**芸術家になってパリの屋根裏部屋で暮らしたいと思っている子もいた。レフリジレーション学校（空調、温度管理などの技術を学ぶ）へ行きたいと思っている子もいた。**通信教育で受けられるんだよ。**橋を作りたいと思っている子もいた。ピアノを弾きたいと思っている子もいた。他人に使われるのではなく、幹線道路沿いで自分の果物屋台をやりたいと思っている男の子もいた。メリット秘書専門学校で速記を学んで事務職に就きたいと思っている子もいた。そうしたら、すべてうまくいく。プロレス界でつぎのグレート東郷になりたいと思っている子もいた。州の上院議員になりたいと思っている子もいた。美容師になりたい、そして自分のサロンを開きたいと思っている子もいた。ポリオに罹患していて、とにかく鉄の肺（人工呼吸器の一種）なしに呼吸したいと願っている女の子もいた。裁縫師になりたいと思っている子もいた。教師になりたいと思っている子もいた。医者になりたいと思っている子もいた。自分の妹になりたいと思っている男の子もいた。ギャングになりたいと思っている子もいた。スターになりたいと思っている子もいた。そして、たとえ暗闇が近づいているのがわかっていても、わたしたちは何も言わずに子どもらに夢を見させておいた。

裏切り者

戦争が始まって二日目に、噂がわたしたちのところへ届きはじめた。

話題になっているのはリストのこと。真夜中に連行された人たち。仕事に出かけてそのまま帰ってこなかった銀行員。昼休みにいなくなってしまった床屋。行方知れずになった漁師が数名。あちこちで、下宿屋が強制捜査を受けた。商売が差し止められた。新聞社が閉鎖された。でも、これはすべてどこかよそで起こっていることだった。遠くのバレーや離れた町で。女たちがみんなハイヒールを履いて口紅を塗って夜遅くまでダンスしているような大都会で。「わたしたちには関係ない」とわたしたちは言った。わたしたちは自分の殻に閉じこもってひっそり暮らしている地味な女だ。わたしたちの夫は安全だろう。

数日のあいだ、わたしたちは家のなかにこもってブラインドを下ろし、戦争のラジオニュースに聞き耳をたてた。郵便受けの名前を消した。玄関先に靴を置かずに持って入った。子どもらを学校へやらなかった。夜はドアに閂《かんぬき》をかけ、ひそひそ声で話した。窓をぴったり閉めた。夫たちはいつもより酒を飲み、早くにベッドに倒れ込んだ。犬はわたしたちの足元で眠ってしまった。わたしたちの戸口には、誰もやってこなかった。

わたしたちは、用心しいしい家から外へ出るようになった。もう十二月。わたしたちの年長の娘たちはすでに家を出て、遠くの町で女中をしていた。穏やかで静かな毎日だった。暗くなるのは早かった。田舎では、わたしたちは毎朝夜明け前に起きて、ブドウ園へ行ってブドウの蔓を切り戻した。冷たい湿った土からニンジンを引き抜いた。セロリを刈り取った。ブロッコリを束にした。降る雨を逃がさないよう、土に深い溝を掘った。アーモンド果樹園に並んだ木々のあいだを抜けて、タカがゆったりと舞い降り、夕暮れ時には丘陵のほうでコヨーテが鳴き交わすのが聞こえた。日本人町で、わたしたちは毎晩たがいの台所に集まって、最新のニュースを教えあった。隣の郡で強制捜査があったのではないか。暗くなってから町が包囲された。十軒あまりの家が捜査された。電話線が切断された。机がひっくり返された。書類が押収された。さらに数人の男の名前が、リストから消された。「歯ブラシを持て」と男たちは命じられ、それでおしまい。男たちはそのまま消息を絶った。

男たちは列車に乗せられて、山脈の向こうの、この国でもっとも寒い遠い地方へ送られたのだと言う者もいた。あの男たちは敵に内通していたので、数日のうちに強制送還されるのだと言う者もいた。銃殺されたと言う者もいた。わたしたちの多くは、噂は噂として退けたものの、やはりつい、その噂を自分でも広げてしまっていた——よく考えもせず、無責任に、言いたくないんだけど、みたいな顔をして。日中は消えてしまった男たちのことを頑として口にしない者もいたが、夜になると、男たちは夢に出てきた。自分たち自身が消えた男たちになった夢を見た者も数人いた。わたしたちのひとり——カーニー農場の厨房を取り仕切っていて、いつもきちんと準備しておきたがるほうだったチズコ——は、夫のために小さなスーツケースに荷造りして、玄関わきに置きっぱなしにしていた。中身は、歯ブラシ、髭剃り道具、石鹸、チョコレート——夫の好物なの——それに清潔な着替え。これらが、もしも夫の名前がリストでつぎの順番に来たら持たせなくてはならないと彼女が考えた物だった。でもいつも、なにか忘れているのではないか、小さいけれどとても重要な物、将来のいつかわからないときにどこかわからない法廷で、夫の無実を明白に証明してくれる物を忘れているのではないかという、漠然としていながらもしつこい不安がつきまとっていた。だけどいったい、と彼女は自分に問いかけた、その小さな物ってなにかしら。聖書？　老眼鏡？　違う種類の石鹼？　もしかしてもっと香りのいいものとか？　もっと男っぽいもの？　**バレーで、神主さんが、おもちゃの竹笛を持っていたからという理由で逮捕されたらしいわ。**

リストについて、わたしたちは正確にはなにを知っていたのだろう。リストは、あの攻撃の朝に急きょ作成された。リストは一年以上まえに作成されていた。リストはもうほぼ十年も存在している。リストは三群に分けられている。「危険と認定」（A群）、「危険となる可能性あり」（B群）、「枢軸国寄りの傾向あり」（C群）。リストに名前が載るなんて、まずあり得ない。リストに名前が載るのはじつに簡単だ。わたしたちの人種に属する者たちだけがリストに載せられている。リストにはドイツ人もイタリア人も入っているが、彼らの名前はいちばん下のほうにある。リストは消えない赤インクで書かれている。リストはインデックスカードにタイプで打たれている。リストは存在しない。リストは存在するが、軍情報部の指揮官の頭のなかだけにあり、その指揮官は完璧な記憶力の持ち主として知られている。リストはわたしたちの想像の産物だ。リストには五百以上の名前が記されている。リストには五千以上の名前が記されている。リストは果てしなく続いている。逮捕が行われるたびにリストに記載されている名前がひとつ線で消される。名前がひとつ線で消されるたびにリストには新しい名前がひとつ加えられる。新しい名前は毎日リストに加えられていく。毎週。一時間ごとに。

数人の郵便受けに、つぎはわたしたちの夫だと告げる、匿名の手紙が届くようになった。わたしがあんたなら、町から出ていくことを考えるね。夫が、怒れるフィリピン人労働者に畑で脅されたと話す者もいた。果物ナイフを持って、うちの主人に向かってきたのよ。十年以上プリンス屋敷で家政婦をやっているヒトミは、白昼、町へ戻る途中に銃を突きつけられて脅された。ミツコがある夕方、飼っているニワトリの卵を夕食前に集めようと外へ出たら、干してあった洗濯物が燃えていた。これはほんの始まりだと、わたしたちにはわかっていた。

ひと晩で、隣人がわたしたちを見る目が変わった。道のむこうの農家に住む小さな女の子が、もうわたしたちに窓から手を振ってくれなくなったのも、そうだったのかもしれない。あるいは、長年のお得意さんたちが急にわたしたちのレストランや店に姿を見せなくなってしまったのも。あるいは、わたしたちの女主人、ミセス・トリンブルが、ある朝キッチンにモップをかけているわたしたちを脇へ引っ張って、「戦争が起こるのを知ってたの?」と耳元で囁いたことも。クラブのご婦人がたは、わたしたちの農産物にヒ素が入っているのを恐れて、わたしたちの果物屋台をボイコットしはじめた。保険会社はわたしたちの保険契約をキャンセルした。銀行はわたしたちの銀行口座を凍結した。牛乳配達人はわたしたちの玄関に牛乳を配達してくれなくなった。「会社の指示なんだ」と、ある配達人は涙ながらに言い訳した。子どもたちはわたしたちをひと目見るや怯えた鹿のように走り去った。小柄な老婦人たちは、わたしたちの夫を目にすると歩道でバッグをぎゅっと摑んで凍りつき、「あの連中がここにいるわ!」と叫んだ。そして、夫から注意されていたにもかかわらず――**あいつらは怖がっているんだ**――それでもやはり、わたしたちは覚悟ができていなかった。とつぜん、自分たちは敵なのだと悟ることに対して。

もちろん、すべては新聞に書かれているいろいろな話のせいだった。あの島への攻撃が始まるや、わたしたちの同胞の男が何千人も、時計仕掛けのような正確さでぱっと行動に移った、ということだった。わたしたちのおんぼろトラックやポンコツ車で道路がいっぱいになった、ということだった。わたしたちは自分たちの畑から発煙筒で敵の飛行機に合図を送った、ということだった。攻撃の一週間前、わたしたちの子どもらの何人かが、もうすぐ「何か大きなこと」が起こると級友に自慢した、ということだった。その子らは、先生からさらに問いただされると、親たちが攻撃のニュースを何日も祝っていたと話した、ということだった。**うちの親たちは万歳って叫んでた。**二度目の攻撃がこの本土になされた場合、リストに名前が載っている者は誰でも、十中八九敵に手を貸して立ち上がるだろう、ということだった。わたしたちの同胞の市場向け野菜の栽培者たちは、巨大な地下組織の軍隊の歩兵なのだ、ということだった。**あいつらは野菜貯蔵室の奥底に何千もの武器を確保してるんだ。**わたしたちの同胞のハウスボーイたちは、じつは諜報員の仮の姿だ、ということだった。わたしたちの同胞の庭師たちは皆、庭用ホースのなかに短波無線送信器を隠していて、太平洋時間の零時になるとわたしたちは直ちに行動に移る、ということだった。ダムは破壊される。油田は火災となる。橋は爆破される。道路は破壊される。トンネルは塞がれる。貯水池には毒を入れられる。そして、わたしたちのひとりが腰にダイナマイトを結わえつけて混雑した市場へ歩み入るのを、止めようがあるだろうか？　無理だ。

毎日、夕暮れ時になると、わたしたちは自分たちのものを燃やしはじめた。昔の銀行取引明細や日記、お仏壇、木の箸、提灯、風変わりな田舎の服を着てにこりともしない、故郷の村の親族の写真。**弟の顔が灰になって空へ舞い上がっていくのをじっと見ていたの。**わたしたちは戸外で、わたしたちのリンゴ園のなかで、木々のあいだの溝のなかで、わたしたちの結婚式用の白い絹の着物を燃やした。日本人町の裏通りの金属製のゴミ箱のなかで、おひなさまにガソリンをかけた。わたしたちの夫が敵とつながりがあると思われそうなものは、なんでも始末した。わたしたちの姉妹からの手紙。**東隣の息子さんが傘屋の奥さんと駆け落ちしました。**わたしたちの父からの手紙。**汽車は電化され、もう、トンネルを通るたびに顔が煤だらけになることもなくなった。**母が、わたしたちが家を出たその日に認《したた》めた手紙。**川岸の泥の上に、まだあなたの足跡が残っています。**わたしたちは、どうしてこんなに長いあいだ、自分たちの風変わりな異国流のやり方に頑としてこだわってきたのだろう、と考えた。**自分から彼らに憎まれるようしむけたんだ。**

夜は長く、寒くなり、わたしたちは毎日、またも数人の男が連行されたことを知らされた。南部の農産物卸業者。柔道の指導者。絹の輸入業者。遅めの昼食から事務所に戻ろうとしていた、街で働く発送係。**信号が青になるのを待っていたら、横断歩道で逮捕された。**

堤防の爆破を企んだと疑われたデルタのタマネギ農家の男。その男の納屋で、スタンピング・パウダー（切株を粉砕するのに使われる爆薬）がひと箱見つかった。旅行業者。語学教師。海上の敵船に懐中電灯で合図を送ったとして告発された、海岸地区のレタス農民。

　チヨミの夫は服を着たまま寝るようになった。今夜がその夜となる場合に備えてのことだ。なんといってもいちばんの恥は、パジャマ姿で連行されることだからな、と夫は妻に語った（エイコの夫はパジャマで連行された）。アサコの夫は靴のことが頭から離れなくなった。うちの人ったら、毎晩ピカピカになるまで磨き上げて、ベッドの足元に並べておくの。ユリコの夫は肥料の巡回セールスマンで、長年にわたってけっして妻に忠実ではなかったが、今では妻が自分のすぐ隣にいないと眠れなくなった。「ちょっと遅すぎよね」と彼女は言った、「でも、どうしようもないじゃない。いったん結婚したら、死ぬまでずっと添い遂げなくちゃ」。ハツミの夫は毎晩ベッドに入る前に小声で、仏さまに手短に祈った。イエスさまに祈る夜さえあった。だって、もしかしたら彼ひとりが本物の神様かもしれないじゃないか。マスミの夫は悪夢にうなされた。暗くて、通りがぜんぶ消えうせている。海面がせりあがる。空が落ちてくる。彼は島に閉じ込められている。彼は砂漠で途方に暮れている。彼は財布を置き忘れ、列車に乗り遅れる。妻が人ごみのなかに立っているのを見つけて呼びかけるが、妻は振り向かない。あの人があたしにくれたのは、悲しみだけ。

初めての激しい雨が木々からさいごの葉をたたき落とし、またたくまに日々の暖かさが失われた。影が徐々に長くなった。わたしたちの年少の子どもらは毎朝登校しては、さまざまな話を持ち帰ってきた。ある女の子が休み時間に一セント硬貨を飲みこんで死にかけた。バーネット先生はまた口ひげを生やそうとしている。トラクテンバーグ先生は機嫌が悪かった。先生、月のものの最中なの。わたしたちは年長の息子や夫とともに果樹園で長い時間、小枝を刈ったり枝を剪定したり、夏や秋に実をつけることのない枯れ枝を切り落としたりした。わたしたちは郊外住宅地で、何年ものあいだ料理や掃除をしてきた一家のために料理や掃除をした。わたしたちはいつもやってきたことをやったが、何ひとつ同じようには感じられなかった。「今では小さな音にいちいちぎょっとするの」とオナツは言った。「ドアをノックする音。電話のベル。犬の吠え声。絶えず足音がしないか聞き耳をたてているの」。見慣れない車が近隣に入ってくるといつも、てっきり夫の番がやってきたのだと思って、彼女は胸がどきどきした。ときおりひどく混乱して、もうすでにそうなってしまって、夫は今ではいないのだと思いこむことがあり、すると、彼女は自分がほとんどほっとしていると認めざるを得なかった。いちばん辛いのは、待つことだったからだ。

三日間というもの、山から冷たい風が止むことなく吹きつけた。畑からは埃の雲が舞い上がり、木々の裸の枝が、がらんとした灰色の空にのたうった。わたしたちの墓地では墓石が倒された。家畜小屋のドアが大開きにされた。トタン屋根がガタガタ鳴った。かわいがっていた犬がいなくなった。海岸通りで中国人の洗濯屋が意識不明で血を流しているのが見つかり、死んだものとして放置された。**わたしたちと間違われたのね。**遠い奥地のバレーでは家畜小屋が放火され、死んだ家畜の悪臭が何日も風下に漂った。

夜になると、わたしたちは台所で夫と腰を下ろし、夫はその日の新聞をじっくりと読み、わたしたちの運命に関する手がかりを求めて、一行一行、一語一語吟味した。わたしたちは最新の噂について話しあった。**わたしたちは軍隊用の食料を生産する強制労働キャンプに入れられるって聞いたわ。**わたしたちはラジオをつけて、前線からのニュースを聴いた。もちろんニュースは芳しくなかった。敵は我が国の不沈戦艦をさらに六艘沈めていた。敵の飛行機が我が国の上空をテスト飛行しているのが目撃された。敵の潜水艦は我が国の沿岸にどんどん近づいていた。敵は海岸において、外部と内部からの共同攻撃を企んでおり、油断なく警戒している市民全員に対し、わたしたちに混じって暮らしている敵の協力者がいたら誰だろうと当局に通報することが求められていた。なにしろ、誰がスパイであってもおかしくないのだから、とわたしたちは念押しされていた。おたくの執事、おたくの庭師、おたくの花屋、おたくの女中。

朝の三時、わたしたちのなかのもっとも名高いベリー農家のひとりが、ベッドから引きずり出され、玄関から連れ出された。わたしたちの知っているなかでは、連行された最初の男だった。裕福な農夫を狙ってるだけだ、と皆は言った。つぎの晩は、シュピーグル農場の、地元の農業労働者が、貯水池の横で飼い犬を散歩させていたときに泥だらけのつなぎ姿のままで連行され、照明の眩い窓のない部屋で三日三晩尋問されたあげく、家へ帰っていいと言われた。ところが、妻が駅まで車で迎えにいったところ、夫には、妻が誰だかわからなかった。あの人、わたしのことを自分に白状させようとしている替え玉だと思ったの。そのつぎの日には、近くの町の、わたしたちと知り合いの三人の女が、自分たちの夫もリストに載っていたのだと明らかにした。「うちの主人は車に乗せられて、そして連れていかれた」とそのうちのひとりは言った。二日後、わたしたちの競争相手のひとり――このバレーでほかにただ一人の農場主、あそこのレーズン用ブドウはわたしたちのところの半分も甘くはないけれど——が、自宅の台所で四時間、手錠で椅子につながれ、その間三人の男が彼の家を捜索し、そののち彼は自由にしてもらえた。彼の妻は、皆の話ではその男たちにコーヒーとパイを出したということだった。わたしたちは皆知りたがった。どんなパイ？　イチゴ？　ルバーブ？　レモンメレンゲ？　その男たち、コーヒーはどんなふうにして飲んだの？　砂糖は入れたの、それともなしで？

わたしたちの夫は、夜、横になったまま何時間も眠らずに、自分の過去を何度も何度も思い返しては、自分の名前もリストに載っているのではないかと、その証拠を探そうとしていることがあった。きっと、なにか口にしたこと、やってしまったことがあるに違いない。きっとなにか失敗をやらかしているに違いない。きっとなにかの罪を犯しているに違いない。もしかしたら、なにかはっきりしない罪を。自分では気づきさえしていないような。それにしてもいったい、と夫はわたしたちに訊ねた。そのはっきりしない罪というのはどんなものだというのだろう。去年の夏、毎年恒例のピクニックで、祖国に乾杯したことだろうか。それとも、大統領のつい最近のスピーチのことでなにか言ってしまったのかもしれない。**大統領は俺たちのことをギャングと呼んだ。**それとも、間違った慈善事業——敵と密かに関係していることなどまったく知らなかった慈善事業——に寄付してしまったのか。もしかして、そうなのだろうか。それとも、誰かが——きっと、恨みを抱いているやつだ——当局へでっちあげの告発を行ったのか。もしかしたら、以前わたしたちが不必要に素っ気ない態度をとってしまった、キャピトル・クリーニング店の顧客のひとりかもしれない（ということは、ぜんぶわたしたちが悪いのかしら）。それとも、わたしたちの犬にしょっちゅう花壇を利用されてご機嫌ななめだった近所の人だろうか。俺たちはもっと愛想よくすべきだったんだろうか、と夫はわたしたちに訊ねた。俺たちの畑が乱雑すぎたんだろうか。あまりに自分たちの殻に閉じこもりすぎだったんだろうか。それとも、俺たちの罪ははっきりと、世間の誰の目にも見えるように、顔に書かれているのだろうか。じつのところ、俺たちの罪はこの顔なんだろうか。この顔には、どこかしら満足してもらえないところがあるんだろうか。それどころか、不快感を与える？

一月に、わたしたちは、当局に氏名を登録し、禁制品はすべて地元の警察へ提出するよう命令された。銃、爆弾、ダイナマイト、カメラ、双眼鏡、刃の長さが十五センチ以上あるナイフ、懐中電灯や発煙筒といった合図に使える道具、攻撃の際、敵を手助けするために使えそうなものはなんでも。それから、旅行制限がやってきた——わたしたち日系人は全員、自宅から八キロ以上離れてはならない——それに午後八時以降の外出禁止令。わたしたちの大半はあまり夜型ではなかったのに、生まれて初めて、ときおり真夜中の散歩に出かけたくてうずうずするようになった。たった一度でいいから、うちの人とね、どんな気分なのかアーモンドの林を歩いてみたい。でも、夜中の二時に窓の外を見たら、友だちや隣人がわたしたちの家畜小屋を襲っているのが目に入っても、玄関の外に出る気にはなれなかった。自分も警察に通報されるんじゃないかと怖かったからだ。なにしろ、名前がリストに載るには電話一本で済むのだから。年かさの息子たちが土曜日の夜に一晩中ダウンタウンで過ごすようになりはじめても、わたしたちは、つぎの朝遅く帰ってきた息子たちに、どこへ行っていたの、とも、誰といっしょだったの、とも、その女の子にいくら払ったの、とも、どうして私は中国人ですと書いてあるバッジをシャツの襟につけているの、とも訊かなかった。「できるあいだに楽しませてやろう」夫はわたしたちにそう言った。だからわたしたちは、台所で息子たちにちゃんと普通に朝の挨拶をした——卵、それともコーヒー？——そして、いつもの一日を進めていった。

「俺がいなくなったときには」と夫はわたしたちに言った。「もしも、でしょ」とわたしたちは夫に言った。「氷配達にチップをやるのを忘れないでいてくれ」と夫は言った。それに「客がドアから入ってきたら、かならず名前を呼んで挨拶するんだぞ」と。夫はわたしたちに、子どもらの出生証明はどこにしまってあるか、トラックのタイヤ交換をいつ修理工場のピートに頼んだらいいか教えた。「金がなくなったら」と夫たちは言った。「トラクターを売れ」「温室を売れ」「店にある商品をぜんぶ売れ」夫はわたしたちに姿勢に気をつけるよう念を押した――胸を張っていろ――そして、子どもらに、仕事をしくじらないようちゃんとやらせろ、と。「ベリー栽培者組合のミスター・ハウアーとは連絡を絶やさないようにしておけ。知り合いでいると役に立つ人だし、おまえのことを助けてくれるかもしれん」と夫たちは言った。「俺のことで何か聞いても一切信じるな」「誰も信じるな」「近所の連中には何もしゃべるんじゃないぞ」「天井のネズミのことは気にするな。俺が帰ってきたらなんとかするから」と夫たちは言った。家を出るときはかならず外国人登録証を携行するように、人のいるところで戦争を話題にするのはぜったい避けるように、と夫たちは念を押した。ただし、もし意見を求められたら、真剣な口調で声高にあの攻撃を非難しなければならない。「謝るんじゃないぞ」と夫はわたしたちに言った。「英語だけしゃべれ」「顔をしゃんと上げているようにしろ」

新聞で、そしてラジオでも、集団移送の話がわたしたちの耳に入ってくるようになった。議会において、国防のための移住に関する公聴会。州知事、敵性外国人全員を沿岸部から退去させるよう大統領に強く要請。彼らをトージョーに送り返せ！　徐々に行われる、とわたしたちは聞いた。数カ月の期間で、とまではいかなくとも、数週間がかりで。わたしたちの誰も、一夜のうちに出て行かされるなんてことはないだろう。わたしたちは遠くの、わたしたちが誰にもなんの害も及ぼすことのできない、内陸部の奥深くの、自分たちで選んだ場所へ送られるのだ。戦争のあいだ、保護措置として拘束されることになる。わたしたちのうち海岸から百マイル以内に住んでいる者だけが退去させられるだろう。わたしたちのうちリストに名前が記載されている者だけが退去させられる。わたしたちのうちアメリカ市民でない者だけが退去させられる。成人した子どもらは、わたしたちの商売や農場を取り仕切るためにあとに残るのを許される。わたしたちの商売や農場は没収され、競売にかけられる。だから、そろそろ整理を始めなければ。年少の子どもらとは引き離される。わたしたちは消毒され、可能な限り早急に本国へ送還される。

わたしたちは楽観的に考えようと努めた。洗濯物のアイロンかけを真夜中までに終えたら、わたしたちの夫の名前はリストから削除される。十ドルの戦時公債を買ったら、わたしたちの子どもらは大目に見てもらえる。「糸繰り歌」をひとつも間違えずに歌えたら、もうリストもなければ、洗濯物もなければ、戦時公債もなければ、戦争もなくなる。だが、一日の終わりになるとよく、わたしたちは不安になった、やるのを忘れていたことがあるような気がして。水門は忘れず閉めたかしら？　ストーブは消した？　ニワトリにエサはやった？　子どもらにご飯は食べさせた？　ベッドの支柱は三回叩いた？

二月になると、しだいに暖かくなってきて、丘陵ではさいしょのポピーが鮮やかなオレンジ色の花を咲かせた。わたしたちの人数は減り続けていた。ミネコの夫がいなくなった。タケコの夫がいなくなった。ミツエの夫がいなくなった。あの家の薪小屋の裏の地面で、弾丸がひとつ見つかった。オミヨの夫は外出禁止時間を五分過ぎているのに道路に出ていたというので、幹線道路上で車を停止させられた。ハナヨの夫は、理由はわからないまま自宅の夕食の席で逮捕された。「うちの主人が今までにやったいちばん悪いことといえば、駐車違反くらいなのに」と彼女は言った。そして、ユニオン・フルーツ・カンパニーのトラック運転手で、なにか一言でも口にするのをわたしたちの誰も聞いたことがないシマコの夫は、地元の食料品店の乳製品コーナーで、敵の最高司令官のためにスパイ行為を働いていたとして逮捕された。「俺にはずっとわかってた」と誰かが言った。「つぎはおまえかもしれないぞ」とほかの誰かが言った。

いちばん辛いのは、とチズコはわたしたちに話した。あの人の居場所がわからないことなの。夫が逮捕された最初の晩、彼女は目を覚まして恐慌状態に陥り、どうして自分がひとりでいるのか思い出せなくなった。手を伸ばしても傍らのベッドは空で、わたし夢を見てるんだ、これは悪夢なんだわ、と彼女は思ったが、そうではなく、それは現実だった。でもともかく彼女はベッドから出て、家のなかをうろうろと夫の名前を呼びながら歩きまわり、クローゼットをのぞき込んだり、ベッドの下を確認したりした。念のために。そして、夫のスーツケースがまだ玄関わきに置いてあるのを目にした彼女は、チョコレートを取り出してゆっくりと食べ始めた。「うちの人ったら、忘れたのよ」と彼女は言った。ユミコは夫と二度夢のなかで会い、夫は、問題なく過ごしていると妻に告げた。いちばん心配なのは犬のことだと彼女は言った。「主人のスリッパの上で何時間もごろごろしていて、わたしが主人の椅子に座ろうとするとかならず唸るの」フサコはほかの誰かの夫が連れ去られたと聞くたびに、内心ほっとしていたのだと告白した。「ほら、『わたしじゃなく、彼女でよかった』みたいな」もちろん、それから彼女はひどく恥ずかしくなった。カノコは、夫がいなくなってもぜんぜん悲しくなんかないと認めた。「あの人、あたしを男みたいに働かせた上に、何年間も孕ませつづけたのよ」キョウコは、彼女の知る限り夫の名前はリストに載っていないと言った。「うちの主人は苗木屋よ。花が大好きなの。あの人には危険分子みたいなところなんて、ひとつもないわ」ノブコが、「そうね、でも、わからないわよ」と言った。あとのわたしたちは、つぎは何が起こるだろうかと、息をひそめて待ち構えていた。

今やわたしたちは、これまでなかったくらい夫を身近に感じていた。夕食のときには肉のいちばん良い部分を夫に差し出した。夫がぼろぼろこぼしても気が付かないふりをした。夫が床につけた泥だらけの足跡を、なにも言わずに拭いた。夜はベッドのなかで、夫に背を向けたりはしなかった。そして、風呂の温度が好みどおりじゃないと怒鳴られたり、いらいらした夫に酷い言葉を投げられたり――アメリカに二十年もいるのに、おまえが言えるのは「ハァロォ」だけなのか――しても、わたしたちは言い返さずに、怒るまいと努めた。だって、つぎの朝目を覚まして夫の姿がなかったら？　どうやって子どもらを食べさせていけばいいだろう。どうやって家賃を払えばいいだろう。サトコは家具をぜんぶ売り払わなくちゃならなかった。思いがけない春の霜から果樹を守るために、誰が真夜中にいぶし壺（霜害を防ぐため灯油を燃やす容器）をだすのだろう。トラクターの連結装置の壊れたのを誰が修理するのだろう。誰が肥料を配合するのだろう。誰が鋤を研ぐのだろう。市場で誰かに無礼な振舞いをされたり、通りでとても嬉しいとは言えないようなことを言われたときに、誰がわたしたちをなだめてくれるだろう。わたしたちが地団太踏みながら、もうたくさん、別れてやる、つぎの船でくにへ帰る、と言ったときに、誰がわたしたちの腕を摑んで揺すぶってくれるだろう。あんたがあたしと結婚したのは、ただ、農場にもっと人手がほしかったからでしょ。

今やわたしたちは、仲間うちに密告者がいるのではないかという疑いを、どんどん強めていった。テルコの夫は乾燥リンゴ工場の現場監督を密告した、とみんな噂した。テルコは監督と浮気したことがあったのだ。フミノの夫は、元共同経営者によって、枢軸国の支持者であると告発された。告発した男は、目下どうしても現金を必要としていた(密告者はひとりにつき二十五ドル貰えると、わたしたちは聞いていた)。クニコの夫はほかならぬクニコ自身によって黒龍会の一員であると告発された。あの男、愛人のために奥さんと離婚しようとしてたのよ。そしてルリコの夫は? 朝鮮人だ、と隣人たちは言った。スパイしていたんだ。政府から金をもらって地区のお寺の信者たちを監視していた。あの男が駐車場でナンバープレートの番号を書き留めているのを見たわ。数日後、彼は道路脇の溝で手ひどく叩きのめされた姿で見つかり、翌朝、家族もろとも姿を消していた。玄関は大きく開け放たれ、飼い猫たちは餌を貰ったばかり、コンロの上ではまだ鍋の湯が煮えたぎっていた。そして、それでおしまい、一家はいなくなってしまった。でも、数日のうちに、一家の行方に関する話がぼつぼつ聞こえてきた。あの一家は南の、国境のそばにいる。隣の州に逃げた。都会の立派な家で、新車に乗って暮らしているけれど、なにで暮らしを立てているのかぜんぜんわからない。

春がやってきた。果樹園のアーモンドの木々は最後の花びらを落とし始め、桜はちょうど満開になっていた。オレンジの木々の枝から太陽が降り注いだ。スズメが草むらを動き回っている。わたしたちの同胞の男は、毎日さらに数人ずつ消えていった。わたしたちは努めていつも忙しく立ち働き、ちょっとしたことでもありがたく思うようにした。隣人の親しみのこもった会釈。熱々の一膳のご飯。支払いが滞りなく済んだこと。子どもを無事にベッドに寝かせたこと。わたしたちは毎朝早起きして野良着を着ると、鋤で耕し、植え付け、鍬をふるった。わたしたちのブドウ園の雑草を掘り起こした。スクォッシュ・カボチャとエンドウに水をやった。一週間に一回、毎週金曜日には、髪をアップにして町へ買い物に出かけたが、通りでたがいに顔を合わせても、立ち止まって挨拶を交わすことはしなかった。機密情報を交換していると思われる。夜間外出禁止令があるので、日本人町で暗くなってからおたがいを訪問することはめったになかった。教会で礼拝のあと長居することはなかった。今では誰かと話すときはいつも、「この人、わたしを裏切るかしら？」と自分に問いかけなくてはならない。年少の子どもらのいるところでも、わたしたちは言葉に気をつけた。チエコのご主人は、八つになる自分の息子にスパイだって密告されたのよ。わたしたちのなかには、自分の夫に疑念を抱き始める者さえいた。あの人には秘密の正体があって、わたしはそれに気づいていないんじゃないかしら。

すぐにわたしたちは、町ぐるみ連れていかれたという話を聞くようになった。わたしたちの北側のバレーにある、レタス栽培農家の小さな町から、同胞の男たちの九割以上が連行された。飛行場の周囲の防衛ゾーンから、同胞の男たちが百人以上連行された。そして南のほうの、海辺に黒っぽい掘立小屋が並ぶ小さな漁師町では、わたしたちの民族に属するすべての人々が、警告もなしに、一昼夜のうちに、包括的な令状によって一斉検挙された。彼らの操業日誌は押収され、イワシ漁船は監視下に置かれ、漁網はずたずたに切り刻まれて海に投げ込まれた。その漁師たちは、本当は漁師ではなく、敵の帝国海軍の情報官だったからだと言われていた。餌箱の底から油紙に包んだ制服が見つかったのよ。

わたしたちのなかには、つぎが自分たちである場合に備えて、子どもらのために寝袋やスーツケースを買いに出かける者もいた。いつものように仕事をし、冷静でいようと努める者もいた。この襟のところにもうちょっと糊をつけたらいいんじゃないかしら、ねえ、そう思わない？　起こることは起こるんだから、とわたしたちは自分に言い聞かせた、運試ししてみたってしょうがない。わたしたちのひとりは口をきかなくなった。もうひとりはある朝早く馬に水をやりにいって、家畜小屋で首を吊った。フブキはひどく気をもんでいたので、ついに退去命令が届いたとき、安堵の溜息をついた。やっと待つのが終わったからだ。テイコは信じられない思いで通知を見つめ、静かに首を振った。「だけど、わたしたちのイチゴはどうなるの？」と彼女は訊ねた。「三週間もすれば収穫できるのに」あたしは行かない、それだけのことよ、とマチコは言った。「うちは、レストランの賃貸契約を更新したところなんだもの」言われたとおりにするしかない、とウメコは言った。「大統領の命令なのよ」と彼女は言った。あたしたちは何様でもないんだから、大統領のやることに疑問を持ったりできるわけないでしょ、と。「むこうは、どんな土壌なんだろう」タキコの夫は知りたがった。晴れの日は何日くらいなんだろう。雨の日は何日くらいだろう。キコはただ両手を重ねて足元に目を落とした。「ぜんぶおしまいね」彼女は静かに言った。少なくとも、みんな一緒に出ていける、とハルヨは言った。ヒサコが言った、「そうね、でも、わたしたちが何をしたっていうの？」。イシノは顔を覆って泣いた。「もっと早くに主人と別れて、子供たちを日本の母のところへ連れて帰っていればよかった」

最初わたしたちは、山のほうへ送られるのだから暖かい恰好のしたくをしておくように、うんとうんと寒いだろうから、と言われた。そこでわたしたちは出かけていって、長いウールの下着や、初めての暖かい冬のコートを買った。すると今度は、砂漠へ送られて、そこには毒のある黒い蛇や小さな鳥ほどもある蚊がいるのだと聞かされた。そこには医者はひとりもいないということだった。しかも、泥棒だらけらしい。そこでわたしたちは出かけていって、南京錠と、子どもらのためのビタミン剤、包帯、もぐさ、膏薬、ひまし油、ヨウ素、アスピリン、ガーゼを買った。バッグはひとりひとつしか持っていけないと聞いたので、年少の子どもら用に布の小さなナップザックを縫って、それぞれ名前を刺繍した。中には鉛筆と帳面、歯ブラシ、セーター、ブリキのトレイに広げて外の太陽の下で乾かしておいた米を詰めた茶色い紙袋を入れた。わかれわかれになったときの用心に。「一時のあいだだけだからね」とわたしたちは子どもらに言った。心配することはないから、とわたしたちは言いきかせた。家に帰ってきたら、ああしよう、こうしようと話した。晩御飯は毎日ラジオの前で食べよう。ダウンタウンへ映画を観に連れていってあげようね。巡回サーカスへ行って、シャム双生児や世界一頭の小さな女の人を見ようね。プラムほどしかないんだよ！

ブドウ園のブドウ蔓には薄緑色のつぼみがつき、澄んだ青空のもと、バレーのいたるところで桃の木々が花盛りだった。渓谷では野生カラシナの群れが鮮やかな黄色い花をつけていた。ヒバリが丘陵から舞い降りてきた。そしてひとり、またひとりと、遠くの市や町にいた年長の息子や娘たちが、仕事を辞め、学校を中退して、家に帰ってくるようになった。年長の子どもらは、日本人町の、わたしたちのドライクリーニング店の後継者を探すのを手伝ってくれた。わたしたちのレストランの新しい借り手を探すのを手伝ってくれた。わたしたちの店に掲示を出すのを手伝ってくれた。**今がお買い時！　特価！　在庫一掃処分！**　田舎では、年長の子どもらはつなぎ姿になって、わたしたちが最後の収穫の準備をするのを手伝ってくれた。わたしたちは、最後の最後まで畑を耕すようにと命じられていたのだ。これがわたしたちにできる戦争遂行への貢献なのだと、わたしたちは言われていた。わたしたちの忠誠心を証明する機会なのだと。銃後《ホームフロント》の人々に新鮮な果物や野菜を供給する一助として。

わたしたちの地区の狭い通りを、くず物屋がゆっくりトラックを走らせながら、不要品を買い取りますと声をかけてきた。まえの年に二百ドルで買った新しいストーブは十ドルで。冷蔵庫は五ドルで。ランプは五セントで。一言もしゃべったことのない近隣の人たちが畑で近づいてきて、処分したい物はないかと訊ねた。もしかしてその耕耘機は？　あの馬鍬は？　あそこの耕作用の馬は？　その鋤は？　彼らが長年見とれてきた、わたしたちの前庭のあのクイーン・アン・ローズの木は？　見知らぬ人々がわたしたちの玄関をノックした。「犬は飼ってないのかい？」とある男は訊ねた。息子が新しい子犬をひどく欲しがっているのだと彼は説明した。別の男は、船積み場近くのトレーラーに独り暮らしなので、喜んでお古の猫を引き取らせてもらう、と言った。「猫が寂しがるだろうから」と。わたしたちはさっさと、いくらになろうがかまわず売ってしまうこともあったし、大好きな花瓶やティーポットをただであげてしまって、あまり気にかけまいとすることもあった。母からいつも言われていたからだ。**この世の物にあまり執着しすぎてはいけませんよ。**

出発の日が近づくと、わたしたちは支払うべき相手に最後の支払いを済ませ、最後の最後までわたしたちを応援してくれたお得意さんたちにお礼を言った。バークハート保安官の奥さんのヘンリエッタは、毎週金曜日にわたしたちの果物屋台でイチゴを五籠買って、五十セントのチップを置いていってくれた。**自分のための、なにか素敵な物を買ってちょ**

うだい。退職した男やもめのトーマス・ダフィは、わたしたちのそば屋へ毎日十二時半にやってきて、チキンライスを注文してくれた。レイディーズ・オーグジリアリ・クラブの会長ロザリンド・アンダーズは、衣類をほかのドライクリーニング店へ持っていこうとはけっしてしなかった。中国人はちゃんとやらないんですもの。わたしたちはいつもどおり畑仕事を続けたが、なにもかも、どうも現実感がなかった。わたしたちは自分で収穫することのできない作物を詰めるための木箱を、釘を打って作った。わたしたちは自分たちが出発したあとでなくては熟れないブドウの摘芽《てきが》をやった。土を返して、わたしたちがもういなくなっている晩夏に成長するトマトの苗を植えた。今は日が長く、陽の光が降り注いでいた。夜は涼しかった。貯水池は満杯だった。スナップエンドウの価格は上がっていた。アスパラガスは史上最高値に近づいていた。イチゴの苗には青い実がついていて、果樹園では、ネクタリンがもうちょっとでたわわに実りそうだった。あと一週間あれば、ひと財産稼げたのに。そして、もうすぐここを離れるのだとわかっていながらも、なにかが起こって行かなくてもすむようになるんじゃないかと、わたしたちは希望を持ちつづけていた。

もしかしたら、教会がわたしたちのために介入してくれるかもしれない、それとも大統領夫人が。それともひょっとしてひどい誤解があって、ほんとうは、彼らが連れて行こうとしていたのはほかの人たちなのかもしれない。「ドイツ人じゃないか」と誰かが言った。「それとも、イタリア人」とほかの誰かが言った。もうひとりは「中国人はどうだ？」と言った。あとのわたしたちは黙ったまま、できる限り出立の準備をした。子どもらの先生に手紙を書いて、子どもらが急に、思いがけなく学校を休まなくてはならなくなったことを、不十分な英語で詫びた。今後の住人のために、いろいろな説明を書き出した。暖炉のべたべたした煙管をどう扱えばいいか。屋根の雨漏りにはどう対処すればいいか。**バケツを置けばいいんです。**わたしたちはお寺の外の仏さまに蓮の花を供えた。墓地へ最後のお参りに行って、霊魂はこの世をすでに去っている同胞の墓石に水を注いだ。荒れ狂った雄牛に角で突かれた、ヨシエの年若い息子、テツオ。今では名前も思い出せない、横浜出身の茶商人の娘。**船を降りて五日目にスペイン風邪で死亡。**夫とともに、何列も木の並ぶわたしたちのブドウ園を最後にもう一度歩き、夫は最後の雑草を一本抜かずにはいられなかった。わたしたちのアーモンド園の垂《しだ》れた枝に支柱をあてがった。レタス畑で虫がついていないか調べ、返したばかりの黒い土を手に一杯すくった。わたしたちのクリーニング店で最後の洗濯をした。わたしたちの食料品店のシャッターを閉めた。自宅の床を掃いた。荷物を詰めた。子どもらを集め、そしてすべてのバレーのすべての町と沿岸沿いのすべての市から、わたしたちはいなくなった。

木々の葉は相変わらず風にひるがえっていた。川は相変わらず流れていた。虫はいつものように草のなかでぶーんと音をたてていた。カラスはカアカア鳴いていた。空は落ちてはこなかった。大統領が考えを変えることはなかった。ミツコのお気に入りの黒いメンドリは、短くひと鳴きすると暖かい茶色の卵を産んだ。緑のプラムが一個、早くも木から落ちた。わたしたちの犬は口にボールをくわえて追いかけてきて、最後にもう一度投げてほしがったが、このときばかりは追い返さなくてはならなかった。家にお帰り。隣人たちは窓越しにわたしたちをうかがっていた。車が警笛を鳴らした。知らない人たちがじっと見ていた。自転車に乗った男の子が手を振った。わたしたちの家の一軒では、略奪者たちが玄関を打ち破りはじめると、びっくりした猫がベッドの下に飛び込んだ。カーテンが引き裂かれた。ガラスが砕けた。結婚祝いの皿が床に叩きつけられた。わたしたちの痕跡がすっかりなくなるのも時間の問題なのだと、わたしたちにはわかっていた。

最後の日

わたしたちのなかには、泣きながら去った者もいた。歌いながら去った者もいた。わたしたちのひとりは手で口元を覆い、ヒステリックに笑いながら去った。去るときに酔っぱらっていた者も数人いた。あとのわたしたちは、頭を垂れ、困惑し、きまり悪い思いで、ひっそりと去った。ギルロイから来た年老いた男は、担架に乗せられて去った。べつの年老いた男——ナツコの夫で、フローリンの元床屋——は、米国在郷軍人会の帽子を目深にかぶり、松葉づえをついて去った。「戦争では誰も勝たない。みんな負けだ」と彼は言った。わたしたちのほとんどは、わたしたちが立ち去るのを見物しに集まった群衆を逆なでしないよう、英語しか口にせずに去った。わたしたちの多くはすべてを失い、いっさい何も言わずに去った。わたしたちの全員が、番号を記した白い認識票を襟につけて去った。

サンレアンドロ生まれの新生児は、眠たげに、目を半分閉じて、籐の籠のなかで揺られながら去った。その女児の母親――シズマの長女ナオミ――は、不安げながらも、グレイのウールのスカートと黒い鰐皮のパンプスという小粋な格好で去った。「むこうにミルクはあると思う？」と彼女は繰り返し訊ねていた。オクスナード出身の半ズボンを穿いた男の子は、むこうにはブランコがあるのかな、どうかな、と気にしながら去った。わたしたちのなかには、いちばん上等の服を着て去った者もいた。一着しか持っていない服を着て去った者もいた。ある女は狐の毛皮を着て去った。レタス王の奥さんだ、と人々はささやいた。ある男は裸足で、でもひげをきれいに剃って、持ち物すべてを正方形の白い布できちんと包んだものを持って去った。持ち物は、お数珠、清潔なシャツ、縁起のいい一対のサイコロ、もっと良い機会に履くための新しいソックス。サンタバーバラ出身のある男は、パリとかロンドン、メトロポール・ホテルとかバイロイトなどと書かれた色褪せたステッカーをべたべた貼った、茶色い革のスーツケースを持って去った。彼の妻はその三歩後ろに付き従って、木の洗濯板と図書館から借りたエミリー・ポストのエチケットの本を持って去った。「来週までまだ期限があるの」と彼女は言った。オークランドから来た家族は、前日にモンゴメリー・ワードの店舗で買った丈夫なキャンバス製のズック袋を持って去った。フレズノの家族は、膨れた段ボール箱を持って去った。ガーデナのタナカ一家は、家賃を払わずに去った。デラノのタナカ一家は、税金を払わずに。バイオラのコバヤシ一家は、レンジの表面を漂白し、経営していたレストランの床をバケツ何杯もの熱湯で洗ってから去った。ロンポクのスズキ一家は、家を清めるために玄関の外に小さな塩の山を残した。サンカルロスのニシモト一家は、あとに移り住む人のために、自分たちの養樹園のみずみずしい蘭の鉢を台所のテーブルに置いてきた。プレストンのイガラシ一家は、土壇場まで荷造りしていて、家をめちゃめちゃな状態にしたまま出てきた。わたしたちの大半は、慌ただしく去った。わたしたちの多くは、絶望的な気持ちで去った。わたしたちの数人は、嫌悪感を胸に、もうぜったい戻りたくないと思いながら去った。わたしたちのひとりは、聖書をしっかりと抱え、「さくら、さくら」をハミングしながら、デルタのロバーツ・アイランドを去った。ひとりは大都会の出身で、初めてのズボン姿で去った。ドレスを着るような場所じゃないって聞いたから。ひとりは、生まれて初めてトーク・オブ・ザ・タウン・ビューティー・サロンで髪を整えてもらってから去った。ずっとやってみたかったの。ひとりは、ポケットに小さな厨子を入れ、しまいにはすべてうまく収まると皆に言いながら、ウィロウズの米農場を後にした。「神さま仏さまが見守ってくださる」と彼女は言った。彼女の夫は泥だらけの野良着姿で、これまで貯めた金をぜんぶ長靴のつま先に詰め込んで去った。「五十セントだ」彼はにやっとウィンクしながら言った。わたしたちのなかには夫に伴われずに去った者もいた、夫は、戦争が始まった頃に逮捕されていたからだ。子どもらを同伴せずに去った者もいた。子どもらは、何年もまえに送り出していたからだ。**農場で丸一日働けるように、年上の二人の世話を両親に頼んだの。**ある男は、妻の遺灰の詰まった白木の箱を絹の風呂敷で包んで首から下げて、ロサンゼルスのイースト・ファースト・ストリートを後にした。**あの人、一日じゅう奥さんに話しかけてる。**ある男は、店の賃貸契約を引き継いだ中国人夫婦からもらったチョコレートの缶を持って、ヘイワードのダウンタウンを後にした。ある男は、鋤の代金をとうとう払わなかった近所の住人アル・ペトロシアンに恨みを抱きながら、ディニューバのブドウ農園を後にした。**アルメニア人ってやつは絶対信用できん。**ある男は体を震わせ、手ぶらで、「ぜんぶ貴様らにくれてやる」と叫びながらサクラメントを後にした。アサヨ——わたしたちのなかでいちばんの美人——は、二十三年まえに船に持ち込んだのと同じ籐のスーツケースを持って、レッドウッドのニュー・ランチを後にした。**まだ新品みたいでしょ。**ヤスコは、きちんと折りたたんだ、夫ではない男からの手紙をバッグの底のコンパクトのなかに入れて、ロングビーチのアパートを後にした。マサヨは、サンブルーノの病院でいちばん下の息子マサミチにさよならを言ってから去った。マサミチはその週の終わりにその病院で、おたふく風邪で死んだ。ハナコは恐れおののき、咳をしながら去ったが、彼女の所有物といえば風邪だけだった。マツコは頭痛に悩みながら去った。トシコは熱を出しながら去った。シキはぼうっとした状態で去った。ミツヨは、四十八にもなって初めて、思いがけなく妊娠し、吐き気をおぼえながら去った。ノブエは、その朝、ブラウスのひだにアイロンをかけたあと、線を抜いたかどうか気にしながら去った。「戻らなきゃ」と彼女は夫に言ったが、夫はじっと前を見つめたまま返事をしなかった。トラは、ウェルカム・ホテルでの最後の夜に感染した性病とともに去った。サチコは、今日もまたいつもどおりの日だといわんばかりに、ABCを練習しながら去った。フタエは、わたしたちのなかでいちばん語彙が豊かだったのだけれど、無言で去った。アツコは、自分の果樹園のすべての木に別れを告げたあと、胸の張り裂ける思いで去った。**どれも苗木から育てたのよ。**ミヨシは彼女の大きな馬、リュウを思い焦がれながら去った。サツヨは、さよならを言いに来ると約束した、隣人のボブとフローレンスのエルドリッジ夫婦の姿を探しながら去った。ツギノは、長年抱えてきたどす黒い秘密を井戸のなかに向かって叫んで、清々しい心で去った。**赤ん坊の口に灰を詰めて死なせてしまった。**キヨノは、前世で犯した罪のせいで罰を受けているのだと確信しながら、ホワイト・ロードの農場を後にした。**きっとクモを踏みつぶしたんだ。**セツコは、裏庭のニワトリをぜんぶ殺してから、グリドレイの自宅を後にした。チエは、五年前に路面電車の前に飛び込んだ長女ミスズの死をまだ嘆きながら、グレンデールを後にした。

子なしのステコは、人生がなぜか自分の横を通り過ぎてしまうように感じながら去った。シズエは、三十四年ぶりにふと思い出したお経を唱えながら、ウェブ・アイランドの第八キャンプを後にした。父が昔、毎朝お仏壇でこれを唱えていたの。カツノは、「誰かわたしの目を覚まさせて、お願い」とつぶやきながら、サンディエゴの夫のクリーニング店を後にした。フミコは、何かご迷惑をかけていたのならばごめんなさいと謝りながら、コートランドの下宿屋を後にした。彼女の夫は、もっとさっさと歩け、それに頼むから口を閉じておいてくれと彼女に言いながら去った。ミスヨは晴れやかに、何も恨まずに去った。チヨコは、シャーロットと呼んでくれといつもわたしたちに言っていたのだが、チヨコと呼んでくれと言いながら去った。最後にまた気が変わったの。イヨは、スーツケースのどこか奥深くで目覚まし時計を鳴らしながら去ったが、立ち止まって止めようとはしなかった。キミコは、台所テーブルの上にバッグを置き忘れてきたが、思い出したときにはもう遅すぎた。ハルコは、小さな真鍮の、笑っている仏さまを屋根裏の片隅に置いてきたが、仏さまは今でも、まだそこで笑っている。タカコは、一家で戻ってきたときに何か食べ物があるようにと、米を一袋台所の床下に置いてきた。ミサヨは、誰かがまだ家にいるように見せるために、玄関先に木のサンダルを出しっぱなしにしてきた。ロクは、母の銀の鏡を近所に住むルイーズ・ヘイスティングズに託してきた。ロクが戻ってくるまで預かると約束してくれたのだ。なんとしてもあなたの力になりたいの。マツヨは、女主人のミセス・バンティングからもらった真珠のネックレスを身に着けて去った。ウィルミントンにある夫人の家を、マツヨは二十一年間、染みひとつない状態に保ってきたのだ。あたしの人生の半分よ。スミコは、二度目の夫であるモンテシートのミスター・ハウエルからもらったお札をぎっしり詰めた封筒を持って去った。夫は最近になって、旅に同行するつもりはないと彼女に告げたのだ。あの人、旦那さんに指輪を返したんだって。チユノは、一九〇九年の夏、大島にあるハンセン病患者の隔離施設へやられた弟のジローのことを思い出しながら、コルマを後にした。わたしたち、あの子のことは二度と口にのぼせなかった。アユミは、ツキを呼ぶ赤いドレスを忘れずに荷物に入れたかどうか気にしながらエデンヴィルを後にした。あれがないと、どうも調子が狂うの。ナガコは、し残したあらゆることに対する未練の気持ちでいっぱいになって、エルサリートを後にした。最後にもう一度故郷の村へ帰って、父のお墓にお線香をあげたかった。彼女の娘イヴリンは、「急いで、急いで、ママ、わたしたち遅れてるのよ」と彼女に声をかけながら去った。わたしたちの誰もそれまで見かけたことがない、並外れた美人がひとりいて、目をぱちぱちしながら戸惑った様子で去った。ほかの男が妻の顔に目を留めることがないよう、夫が地下室に閉じ込めていたという噂だった。サンマテオ出身の男は、ゴルフクラブのセットとオールド・パーをひとケース持って去った。あの男の人、チャーリー・チャップリンの付き人だったらしいわよ。聖職者もいて——第一バプティスト教会のシバタ牧師——すべて水に流しなさいと皆に説きながら去った。光沢のある茶色いスーツを着た男もいて——神田藪蕎麦の揚げ物専門の料理人——いい加減にしてくださいとシバタ牧師に言いながら去った。ピズモ・ビーチ出身のフライキャスティング国内チャンピオンもいて、お気に入りの竹の釣竿とロバート・フロストの詩集を持って去った。本当に必要なのはこれだけだ。モントレーのブリッジのチャンピオンのグループもいて、現金をたんまり持ってにこやかに去った。パジャロの小作人一家は、自分たちの暮らしていたバレーを再び見ることができるのだろうかと考えながら去った。年取って日に焼けた独り身の男たちもいて、いたるところから立ち去り、また同時にどこから立ち去るのでもないのだった。あの人たち、何年ものあいだ、作物を追いかける暮らしだったのよ。サンタマリア出身の庭師は、主人の前庭から切ってきたシャクナゲを持ち、ポケットを種でいっぱいにして去った。オーシャンサイド出身の食料雑貨店主は、店の備品一切を買い取ろうと申し出たトラック運転手が切った、価値のない小切手を持って去った。ストックトン出身の薬剤師は、この先二年半分の生命保険の支払いを済ませてから去った。ペタルーマ出身のひよこの雌雄鑑別師は、わたしたちは皆三カ月後には戻っていると確信して去った。バーバンクからの身なりの良い年配の女の人は、頭をしゃんと高く上げて、誇り高く堂々と去った。「オダ子爵の娘なんだって」と誰かが言った。「ベルボーイのゴトーの嫁さんだよ」とほかの誰かが言った。サンクエンティン州立刑務所から釈放されたばかりの男は、早くも町の商店主の半数に借金して去った。「よそへ行く頃合いだな」と彼は言った。黒いギャバジンのスラックスを穿いた女子学生たち——わたしたちの年長の娘たち——は、セーターにアメリカ国旗のバッジをつけ、全米優等学生友愛会《ファイ・ベータ・カッパ》のキーを金の鎖で首から下げて去った。アイロンをかけたてのチノパンツを穿いたハンサムな青年たち——わたしたちの年長の息子たち——は、バークレー校の応援歌をがなり、翌年の大きな試合のことを話しながら去った。お揃いのスキー帽をかぶった新婚夫婦は、腕を組んで、ほかの人たちのことなど目に入らない様子で去った。マンテカの年配の夫婦は、二人が最初に会ったときからずっと繰り返している口論をしながら去った。**もう一回それを言ったら……。**アラメダ出身の救世軍の制服に身を包んだ老人は、「神は愛なり！　神は愛なり！」と叫びながら去った。ユバシティ出身の男は、半分アイルランド人の血が流れている娘エレナーを連れて去った。ずっと以前に捨てた女が、その朝、娘を彼のもとに連れてきたのだ。**先週まで、娘の存在さえ知らなかったんだって。**ウッドランド出身の小作人は、残っていた作物を畑にすきこんでから、口笛でディキシーを吹きながら去った。コビーナの寡婦は、彼女の家を貸し出してあげようと申し出た親切な医師に代理権を委ねてから去った。「わたし、大失敗をしてしまったみたい」サンノゼ出身の若い娘は、遠くからずっと彼女に憧れていた、近所に住む匿名の求愛者から送られたバラの花束を持って去った。サリナス出身の子どもたちは、その朝自宅の前庭で抜いてきた草の束を持って去った。サンベニートとナパ出身の子どもたちは、できるだけ持っていこうと、服を何枚も重ね着して去った。オークデールの人里離れたアーモンド農場の女の子は、びくびくしながら恥ずかしそうに母親のスカートに顔を押しつけて去った、あんなに大勢の人を目にするのは生まれて初めてだったからだ。サンフランシスコの孤児院から来た年端のいかない男の子三人は、初めて列車に乗るのを楽しみにしながら去った。プラサーヴィル出身の八歳の男の子は、養母のミセス・ラーマンが荷造りしてくれた小さなダッフルバッグを持って去った、養母からは、週末には戻って来られると聞かされていた。「さあ、楽しんでいらっしゃいな」と養母は言ったのだ。レモン・コーヴ出身の男の子は、姉の背中にしがみついて去った。「この子を家から引っ張り出すにはこうするしかないの」カーンヴィル出身の女の子は、キャンディーとおもちゃを詰め込んだ厚紙製の小さなスーツケースを持って去った。ヒーバーの女の子は、赤いゴムまりをつきながら去った。セルマ出身の五人姉妹――マツモト家の娘たち――は、いつもどおり父親の取り合いで喧嘩しながら去り、ひとりはすでに目のまわりに青痣をこしらえていた。リビングストン出身の双子の男の子は、なんともないのに二人とも右腕をお揃いの白い吊り包帯で吊って去った。「この子たちったら、もう何日もこうしてるの」と、母親は言った。ドミンゲスのイチゴ農場の六人兄弟は、蛇に咬まれないようカウボーイブーツを履いて去った。「向こうは荒野だからな」とひとりが言った。キャンプに行くんだと思いながら去った子どももいた。ハイキングに行くんだと思いながら去った子どももいた。あるいはサーカスに。あるいは浜辺で一日泳ぎに。ローラースケートを履いた男の子もいて、舗装した道路さえあれば、行先については頓着していなかった。高校卒業まであと一カ月を残して去った子どももいた。スタンフォードに進学する予定でした。キャレキシコ高校のある女の子は、卒業生総代になるはずだったのに、と思いながら去った。小数や分数がまだよくわからないままで去った子どももいた。エスコンディードのクルジア先生が受け持つ八年生の英語クラスの子どもらは、翌週の大きなテストを受けなくてすむのでほっとしながら去った。課題を読んでないんだ。ホリスター出身の男の子は、ポケットに白い羽を一枚入れ、最後に登校したときに同級生たちから贈られた北アメリカの鳥の本を持って去った。バイロン出身の男の子は、土をいっぱいに入れたブリキのバケツを持って去った。アップランド出身の女の子は、黒いボタンの目の、だらんとした布人形を持って去った。カラザーズ出身の女の子は、縄跳びの縄を手放そうとせず、後ろにずるずる引きずって去った。ミルピタス出身の男の子は、ペットの雄鶏フランクのことを心配しながら去った。隣家へ譲ってきたのだ。「あの人たち、フランクを食べちゃうと思う？」と彼は訊いた。オーシャン・パーク出身の男の子は、飼い犬チビの、この世のものとは思えないような遠吠えを耳にこびりつかせたまま去った。マウンテン・ビュー出身のカブスカウトの制服を着た男の子は、メスキット（キャンプで使う軽量の食器セット）と水筒を持って去った。エルクグローブ出身の女の子は、父親の袖を引っ張って「パパ、お家へ帰ろう、お家へ帰ろう」と言いながら去った。ハンフォード出身の女の子は、アラスカに住むペンパル、ジューンのことを気にしながら去った。忘れずに手紙をくれるといいんだけど。ブローリー出身の男の子は、時計の見方を覚えたばかりで、しょっちゅう自分の腕時計を見ながら去った。「どんどん変わっていくんだよ」と彼は言った。パーリアー出身の男の子は、まだ自分の部屋のにおいがする青いフランネルの毛布を持って去った。トゥーレアリの小さな町出身の長いお下げ髪の女の子は、太いピンクのチョークを一本持って去った。彼女は一度立ち止まって、歩道に並んでいる人たちにさよならを言い、それから、見送り人たちを払いのけるように手首をさっと振ると、スキップし始めた。彼女は笑いながら去った。振り返らないで去った。

いなくなった

日本人は、わたしたちの町からいなくなった。今では、彼らの家には板が打ち付けられ、空っぽだ。彼らの郵便受けはあふれはじめている。読まれることのない新聞が、たわんだ玄関ポーチや庭に散乱している。車回しには車が放置されている。芝生からは雑草がもじゃもじゃと生えてきている。裏庭では、チューリップがしおれている。野良猫が歩きまわっている。最後の洗濯物がまだ物干し綱にぶらさがっている。一軒の台所では――エミ・サイトーの家だ――黒い電話が何度も鳴っている。

ダウンタウンのメイン・ストリートでは、彼らのドライクリーニング店は相変わらずシャッターが閉まったままだ。**貸店舗**の看板が、ウィンドウに下げられている。未払い請求書や受領書が風に舞う。ムラタ花店は今では「ケイの花」店だ。ヤマト・ホテルはパラダイスになった。フジ・レストランは新しい経営者のもとで週末に再開される。ミカド・ビリヤード場は閉まっている。イマナシ運送は閉まっている。ハラダ食料品店は閉まっていて、正面のウィンドウには、わたしたちの誰も以前には見た覚えのない手書きの掲示がかかっている――また会う日まで、神のご加護がありますように、と書いてある。もちろん、わたしたちは思わずにはいられない。誰があの掲示をかけたのだろう。彼らのうちの誰かなのだろうか。それとも、わたしたちの誰かだろうか。もしわたしたちの誰かなら、それは誰なんだろう。こんなふうに自分に問いかけながら、わたしたちはおでこをガラスにくっつけて、目を細めて暗闇を覗きこみ、色褪せたグリーンのエプロンをしたミスター・ハラダその人が、カウンターの後ろからさっと出てきて、アスパラガスや見事なイチゴ、みずみずしいミントの小枝を勧めてくれるのではないかと、半ば期待する。でも、そこには何も見えない。棚はどれも空だ。床はきちんと掃き清められている。日本人たちは、いなくなった。

わたしたちの市長は、心配する必要はまったくないと断言している。「日本人たちは安全な場所にいます」、今朝の『スター・トリビューン』紙によると、市長はそう言っているらしい。しかしながら、立場上場所を明かすことはできない、と。「居場所を皆さんに教えてしまったら、彼らはもはや安全ではなくなりますからね」だけど、とわたしたちのなかには問いかける者もいる。この、わたしたちの町より安全な場所なんて、いったいどこにあるのか？

もちろん、いろんな説がある。たぶん、日本人はサトウダイコンを栽培している地方へ送られたのではないか――モンタナかダコタへ。あのあたりの農家は、この夏と秋の農作業の手伝いがなんとしても欲しいだろうから。それともしかしたら、誰も彼らの身元を知らないような遠くの町で、新たに中国人になりすましているのかもしれない。もしかしたら、刑務所に入れられているのかもしれない。「正直なところどう思うかって？」と退職した元海軍衛生下士官は言った。「海の上で魚雷を避けてジグザグ航行してるんじゃないかな。あの連中は皆、戦争のあいだは日本にいるよう船で送り返されたんだ」地元の高校の科学の女教師は、最悪の事態を考えてしまって、毎晩横になったまま眠れないと言う。彼らは家畜運搬車両に詰め込まれ、二度と帰ってこないんじゃないか。あるいは、窓がひとつもないバスに乗せられたまま、そのバスは停まらない。明日も停まらない。翌週も停まらない。けっして停まることがない。あるいは、一列縦隊になって長い木の橋を渡ってゆき、橋の向こうに着いたらいなくなってしまう。「そんなことを考えてしまうの」と彼女は言う。「それからね、思い出すの——あの人たちはもうすでにいなくなってるんだって」

ダウンタウンの街角の電柱に公式通達が釘で打ち付けてあるのがまだ目に入るが、すでに破れたり色褪せたりしかけていて、それに先週の春の豪雨で、読み取れるのはいちばん上の大きな黒い文字——日系人全員に通達する——だけだ。でも、この通達に、正確にはどんなことが記されていたのか、わたしたちの誰もはっきりとは思い出せない。ある男は、ペットの同伴禁止と出発場所が指定されていたのを、うっすらと覚えている。「ウエスト・フィフス・ストリートのYMCAだったんじゃないかな」と彼は言う。もっとも、自信はないようだ。ブルーリボン・ダイナーのウェイトレスは、通達が掲示された朝、何度か読もうとしてみたけれど、とても近寄れなかったと言う。「どの電柱のまわりにも心配そうな日本人の輪ができていて」と彼女はわたしたちに説明する。彼女にとって印象的だったのは、誰もがとても静かにしていることだった。とても冷静で。日本人のなかにはゆっくりと頷いている人もいた、と彼女は言う。メモをとっている人もいた。誰も一言もしゃべらなかった。町へやってくる道すがら、毎日通達の横を通っていながら、足を止めて読もうと思ったことはなかったと、わたしたちの多くが認めている。「わたしたちに向けたものじゃなかったから」とわたしたちは言う。あるいは、「いつも急いでいたもので」。あるいは、「文字が小さすぎてぜんぜん読み取れなかった」と。

日本人がいなくなったことをいちばん気にしているのは、子どもたちのようだ。子どもたちはいつもより口答えが多い。宿題をやろうとしない。不安げだ。そわそわしている。夜になると、以前は平気で寝ていた子たちが今では明りを消すのを怖がる。「目をつむるたびに、あの人たちが見える」とある子は言う。べつの子はいろいろ質問する。どこへ行けばあの人たちに会えるの？　あの人たちがいるところには学校はあるの？　それに、レスター・ナカノのセーターはどうしたらいい？　「持ってたらいいの、それとも捨てる？」リンカーン小学校では、二年生のひとクラス全員が、日本人の学友たちは森で迷子になっているのだと信じ切っている。「あの子たち、ドングリや木の葉を食べてて、上着を忘れてきちゃった女の子もいてね、寒がってる」とある女児は言う。「その子は震えながら泣いてるの。それとももしかしたら、死んじゃってるかもしれない」「死んでるんだ」と彼女の横の男児が言う。担任の教師は、今や彼女の一日でいちばん辛いのは出席を取るときだと語る。彼女は三つの空いた机を指差す。オスカー・タジマ、アリス・オカモト、そして彼女のお気に入りのドロレス・ニワ。「とっても内気な子なんです」毎朝彼女は三人の名前を呼ぶが、もちろん返事はない。「だから毎朝、欠席の印をつけるんです。それ以外、どうしようもないでしょう?」「残念です」と学校の交通指導員は言う。「みんないい子たちでした。あの子たちがいなくて、寂しいよ」

とはいえ、わたしたちの地域には、日本人たちがいなくなるのを見て少なからずほっとしている人たちもいる。なんといっても、わたしたちは新聞でいろいろな話を読んでいるし、さまざまな噂が囁かれているのも耳にしている。わたしたちの町からそう遠くないいくつかの町で、日本人農家の貯蔵室から隠してあった武器が見つかったということも知っている。それに、ぜんぶではないとしても、この町にいた日本人のほとんどは善良で信頼できる市民だったと信じたいけれど、絶対的な忠誠心を持っているかということになると、わたしたちには確信が持てない。「だって、あの人たち、あたしたちにはわからないことがたくさんあったじゃない」とある五歳児の母親は言う。「そういうところは不安だったわ。なにか隠そうとしてるんじゃないかって気が、いつもしてたの」ミヤモト一家と道を隔てた向かい同士で暮らしていて不安はなかったかと訊かれると、製氷工場で働く男は答える。「なかったとは言えないな」彼も妻も日本人のいるところではいつもじゅうぶん用心していた、と彼は話す。なぜなら、「確信は持てなかったからね。いい人間もいたし、悪い人間もいたんじゃないかな。あの連中は誰が誰だか、俺には区別がつかなかったね」。でもわたしたちの大半にいわせれば、あの元隣人たちがこの町の脅威となる可能性があったなどとは信じがたい。以前ナカムラ一家に家を貸していた女性は、彼らはこれまでで最高の借家人だったと言う。「愛想が良くて。礼儀正しくて。それにとってもきれい好きなの。ほんとうに、床をお皿代わりにできるくらいだったわ」「それに、アメリカ流に暮らしていたしな」と彼女の夫も言う。「日本っぽいところなんかどこにもなかった。花瓶ひとつでさえ」

日本人の家の何軒かで電気が点けっぱなしになっている、とか、動物が哀れな状況にあるといった報告が入りはじめる。フジモト家の正面の窓からちらりと見える、生気をなくしたカナリア。ヤマグチ家の池の死にかけている鯉。そしてどこでもかしこでも、犬たちが。わたしたちはそうした犬に水やパンや食卓の残り物を与え、肉屋は新鮮なフィレミニヨンを届けてよこす。コヤマ家の犬は礼儀正しくふんふん嗅いでから、そっぽを向く。ウエダ家の犬はさっとわたしたちの横を駆けていき、止める間もないうちに表門から外へ出てしまう。ナカニシ家の犬——大統領の飼い犬の黒い小さなファラにそっくりのスコッチテリア――は、歯をむき出して、ぜったいにわたしたちを寄せつけない。でも、あとの犬たちは、わたしたちとずっと知り合いだったかのように出迎えに駆けだしてきて、それからわたしたちの家までついてきて、数日もすると、新しい飼い主が見つかっている。ある家族は、日本犬をもらえると非常にありがたいのだが、と言っている。どこかにコリーがいないだろうか、と希望する家族もいる。召集されたばかりの若い兵士の妻は、マルヤマ家の黒と褐色のビーグル犬デュークを連れ帰る。犬は部屋から部屋へとついてまわって、彼女の姿を見失うまいとしている。「今ではわたしを守ってくれているの」と彼女は言う。「とても仲良くやってるわ」でもときどき、真夜中に犬が眠りながらクンクン鳴いているのが聞こえてきて、あの人たちの夢を見ているのだろうかと、彼女は思う。

彼らの数人がまだわたしたちのところにいることが、すぐにわかる。賭博の元締めヒデオ・コダマは、郡刑務所の囚人だ。予定日を十日以上過ぎている、公立病院に入院中の妊婦。あの赤ちゃん、下がってこようとしないの。正気を失って精神病院にいる三十九歳の女は、寝間着とスリッパという姿で一日じゅう廊下をうろうろしながら、小声でぶつぶつ、日本語でなにか呟いているが、なんと言っているのかわかる人は誰もいない。彼女の知っている英語は「水《ウオーター》」と「帰れ《ゴー・ホーム》」だけだ。二十年前、彼女が畑でべつの男といたときに、二人の幼い子供たちが火事で死んでしまったのだと、医者はわたしたちに話す。彼女の夫はつぎの日に自殺した。愛人は彼女から去った。「そしてそれ以来、彼女は元の彼女じゃなくなったんです」町の南端の、クリアビュー・サナトリウムでは、十二歳の少年が窓際のベッドに横たわって、脊椎カリエスによる死へと徐々に向かっている。両親は町を去る前日に最後の面会にやってきた、そして今、彼はひとりぼっちだ。

一日経つごとに、電柱の通達はますます不鮮明になっていく。そして、ある朝、通達は一枚もなくなっていて、一瞬、町が妙にむき出しになってしまったかのように感じられる、なんだかまるで、ここには日本人なんて最初からいなかったかのようだ。

彼らの庭ではアサガオが生い茂り始める。スイカズラの蔓が庭から庭へと広がる。ほったらかしの生垣の下では、忘れられたシャベルが錆びている。オデラ家の正面の窓の下で、ライラックの茂みに濃い紫の花が咲いたと思ったら、翌日には消え失せる。サワダ家ではレモンの木が掘り起こされる。玄関や裏口の鍵がかなてこでこじ開けられる。車は部品を奪われる。屋根裏が荒らされる。ストーブの煙突が外される。地下室から箱やトランクが引っ張り出され、夜陰に紛れてピックアップトラックに積み込まれる。ドアノブや照明器具がなくなる。そしてサード・アヴェニューの質屋や古道具屋の店頭に、極東の珍しい品々がつかのま顔を見せては、わたしたちの家のどこかへ引き取られていく。メイプルリッジ・ロードの、賞をもらった庭のツツジのあいだに、石灯籠が現れる。エルム・ストリートのある家の居間では、入浴風景を描いた裸体画の代わりに掛け軸が掛けられる。どのブロックでもつぎつぎと、東洋の敷物がわたしたちの足下に出現する。そして町の西側では、毎日公園通いをする若いおしゃれな母親たちのあいだで、とつぜん簪《かんざし》が大流行となる。「出所は考えないようにしているの」日陰のベンチで赤ん坊を揺すりながら、ひとりの母親が言う。「知らないほうがいいことだってあるからね」

わたしたちのなかには、日本人たちが帰ってくるかもしれないと、何週間か希望を持ちつづける者もいる。永久に帰ってこないとは誰も言っていないのだから。わたしたちはバス停で彼らの姿を探す。花屋で。セカンド・アヴェニューの、以前はナガマツ鮮魚店という名前だったラジオ修理店の前を歩きながら。庭師が予告なしにこっそり庭に戻ってきていやしないかと、たびたび窓の外をのぞく。ヨシが外で、熊手で落ち葉をかき集めている可能性だって、なきにしもあらずでしょ。なんとなく、すべてわたしたちの責任ではなかったのかという気もする。たぶん、市長に陳情すべきだったのかもしれない。知事に。大統領自身に。彼らがここで暮らすのを許してください。あるいはただ単に、彼らのドアをノックして、手助けしようかと申し出るとか。知ってさえいれば、とわたしたちは独りごちる。でも、わたしたちの誰かがミスター・モリを果物屋台で最後に見かけたときも、彼はいつもどおり愛想が良かった。「あの人、どこかへ行ってしまうなんて一言も言わないんだもの」と、ある女性は言う。でも三日後に、彼はいなくなっていた。アソシエイティッド・マーケットのレジ係は、姿を消す前日、日本人たちは「後先考えない勢いで」食料をまとめ買いしていた、と話す。ある女の人など、フランクフルト・ソーセージの缶詰を二十個以上買っていた、と彼女は言う。「理由を訊こうとは思わなかったのよね」今ではもちろん、訊いておけばよかったと彼女は思っている。「とにかく、あの人たちが無事だってことを知りたいの」

あちこちで、町じゅうのほうぼうの郵便受けに、日本人たちからの最初の手紙が届きはじめる。シカモア・ストリートの少年は、かつてウッドロー・ウィルソン中学校一俊足の短距離選手だったエド・イケダから短い手紙を受け取る。あのね、ぼくたちはここの一時収容施設にいるんだ。こんなに大勢の日本人、生まれて初めて見たよ。午後はずっと寝てる人もいる。マルベリー・ストリートの少女は、元同級生のジャンから手紙を貰う。わたしたちはもうちょっとここに置いておかれて、それから山の向こうへ送られます。早めにお返事くださいね。市長の妻は、船を降りて二日目に玄関先へ現れて以来の忠実なメイド、ユカから短い葉書を受け取る。月末には毛布を風にあてるのを忘れないでください。ユナイテッド・メソジスト教会の副牧師の妻が夫宛の手紙を開封すると、手紙は、愛しいあなた、わたしはだいじょうぶですと始まっていて、彼女の全世界がとつぜん闇となる。ハツコって誰なの？　三ブロック向こうの、ウォールナット・ストリートの黄色い家では、九歳の男の子が、親友レスターから来た手紙を読む――きみの部屋にぼくのセーターわすれてなかった？――それから三晩、その子は眠れない。

人々は答えを求めはじめる。日本人たちは一時収容施設に自発的に行ったのか、それとも強制されてなのか。彼らの最終的な行先はどこなのか。なぜわたしたちは彼らの出立を前もって知らされていなかったのか。誰か、彼らのために介入に乗り出す人物はいるのだろうか。彼らは無実なのか。罪を犯しているのか。そもそも本当にいなくなったんだろうか。だっておかしいじゃないか、わたしたちの知る誰も、実際に彼らが去るところを見ていないなんて。俺たちの誰かが、何か見たり聞いたりしているはずだと思わないか、と自警団《ホームフロント・コマンドーズ》の一員が言う。「威嚇射撃。押し殺したすすり泣き。人々の行列が夜の闇に消えていく」もしかしたら、と地元の空襲警備員が言う。日本人たちはまだここにいて、物陰からこっちを観察して、我々の顔に心の痛みや良心のとがめが浮かんでいないか調べてるのかもしれないぞ。それとももしかしたら、この町の通りの地下の隠れ家に潜んで、我々を最終的に滅ぼすことを企んでいるのかもしれない。彼らの手紙など簡単に偽造できる、と彼は指摘する。彼らがいなくなったのは計略じゃないか、と彼は言う。我々にとっての最後の審判の日は、まだこれからだからな、と彼は警告する。

市長はわたしたち皆に、辛抱してもらいたいと要請する。「知らせていいときが来たら、知らせていいことはお知らせしますから」と市長はわたしたちに言う。一部に忠誠違反が見られたし、時間が限られていたし、行動の必要性は大きかった。日本人たちは進んでここを離れた、大統領の要請により、恨みなど抱かずに去ったのだと、わたしたちは聞かされる。彼らは相変わらず元気だ。食欲もある。彼らの再定住は計画どおり進んでいる。今は非常時ですからね、と市長はわたしたちにくぎを刺す。わたしたちは今や前線の一部で、祖国を守るためにやらなければならないことは、どんなことでもやらなければならない。「世間の目に触れる事柄もあります」と市長は言う。「世間の目には触れない事柄もあります。こういうこともあるのです。そして、日々の暮らしは続いていきます」

夏の最初の突風。マグノリアの木の枝では葉っぱがしおれている。歩道は日差しで焼けている。学校の最後のベルが鳴ると歓声があたりを満たし、授業はまたも終了となる。母親たちは絶望的になる。**またなの**、と母親たちはうめく。小さな子どもたちの世話をしてくれる新しい子守を探しはじめる人もいる。新しい料理人を募集する広告を出す人もいる。大勢の人が、新しい庭師やメイドを雇う。フィリピン出身の頑健な娘。まばらな顎鬚を生やしたヒンドゥー教徒。オアハカ出身の背が低くてずんぐりしたメキシコ人は、いつもしらふというわけではないが、じゅうぶん愛想は良く——**ブエノス・ディアス**、と彼らは言う、そして、**シ・コモノ？**——安い料金で芝を刈るのをいとわない。大半が、思い切って洗濯物を中国人のところへ持ち込む。そして、戻ってきたリネン類のアイロンがけは完璧ではないかもしれないし、生垣はぼさぼさなこともあるが、気に掛けない。ほかのことに注意が向いているからだ。ヘンリーという名前の行方不明の少年の捜索。最後に目撃されたときには、森の端の丸太の上でバランスをとっていた（「あの子、日本人たちのところへ行ったんだよ」と子どもたちは言っている）。この町出身の七名の兵士がコレヒドール島で捕虜になった。毎年恒例のピルグリム・マザーズ・クラブ昼食会における、最近ナチの手を逃れてきたラウル・アッシェンドルフ博士による「ヒトラー——現代のナポレオン?」と題する講演。講演は満員の聴衆を引き寄せる。

戦争が激しさを増すにつれ、家族で出かけることはどんどん少なくなりはじめる。ガソリンは配給制になる。アルミ箔は捨てない。雑草だらけの空き地は家庭菜園となり、あちこちのキッチンで、インゲンのキャセロールがたちまちその魅力を失う。母親たちはゴムの供出に応じるべくガードルを引き裂き、久々に完全に息を吐きだす。「犠牲を払わなくてはなりません」と母親たちは叫ぶ。無情な父親が子どもたちのタイヤブランコを木から切り落とす。中国救済基金は目標募金額の一万ドルを達成し、市長自らが個人的に、その良いニュースを蔣介石夫人に打電する。副牧師はまたもソファで一夜を過ごす。子どもたちの幾人かは、日本人の友だちに手紙を書こうとするが、書くことが思い浮かばない。悪いニュースを伝える気になれない子もいる。ホールデン先生のクラスの君の席には新しく来た男子がすわってます。君のセーターは見つからない。きのう、君の犬が車にはねられました。ノース・フリーモント・ストリートの女の子は、日本人なんかと手紙のやりとりをしようとするのは裏切り者だけだ、と郵便配達人から言われて、書く気をなくす。

彼らの家には新しい人々が移り住み始める。オクラホマやアーカンソーから戦時の仕事を求めて西部へやってきた出稼ぎ労働者。オザーク山地から来た、追い立てをくらった農夫。南部から心機一転、所持品の包みを持ってやってきた赤貧の黒人。浮浪者や無断居住者。田舎者。わたしたちとは違う人種だ。正しい綴りが書けないような人もいるのよ。彼らは一日に十時間とか十五時間、弾薬工場で働く。三家族か四家族で一軒の家に住む。戸外で、前庭のブリキの桶で洗濯する。家族の女子供を勝手気ままに振る舞わせておく。そして週末になると、夜遅くまでポーチに腰をおろして煙草を吸ったり酒を飲んだりするので、わたしたちは元の隣人、物静かな日本人たちが恋しくなってくる。

夏の終わりに、あの列車の最初の噂が遠くから届きはじめる。列車は古色蒼然としたものだったらしい。うんと昔の遺物。ほこりまみれの普通客車で、石炭で走る蒸気機関車に引っ張られ、古めかしいガス灯がついている。屋根は鳥の糞だらけ。窓ガラスには日除けが下ろされて暗い。町から町へとどんどん通り過ぎるが、どこにも停まらなかった。汽笛も鳴らさなかった。走ったのは夕暮れ以降だけだった。幽霊列車だ、と見かけた者は言う。シエラ・ネヴァダ山脈の狭い山道を登って行ったのだと言う者もいる。アルタモント、シスキュー、シャスタ、テハチャピ。ロッキー山脈の西端へ向かったのだと言う者もいる。トラッキーの駅の計時係は、ブラインドが上がっていて一瞬女の顔が見えたと語る。「日本人だった」と彼は言う。とはいえ、あっという間のことだったので、確かだとは言えなかった。その列車は時刻表にはなかった。女は疲れているように見えた。短い黒髪で、小さな丸顔だったというので、この町の人だったのだろうかとわたしたちは思う。クリーニング屋のイトーの妻かもしれない。それとも、エドワーズ・ストリートとステート・ストリートの角で毎週花を売っていた老女か。わたしたちはただ、フラワー・レディと呼んでいた。それとも、通りで数えきれないほど行きあいながら、じつのところまるで気に留めていなかった人だったのかもしれない。

秋になっても、メイン・ストリートで仏教徒の収穫祭が催されることはない。菊の祭りもない。夕暮れ時の、紙のランタンが上下するパレードもない。綿の長袖のキモノを着た子どもたちが、夜遅くまで激しく打ち鳴らされる太鼓に合わせて歌ったり踊ったりする姿もない。だって日本人たちはいなくなったのだから。そういうこと。「彼らのことを心配して、彼らのために祈って、そのあとは、とにかく先へ進まないとな」と、十年以上オガタ家と隣り合わせで暮らしてきた年取った年金生活者は言う。寂しくなってくるといつも彼は外へ出て、公園のベンチに腰を下ろす。「鳥の声に耳を傾けていると、そのうちまた気分が上向きになってくるんだ」と彼は言う。「それから、家に帰る」ときには日本人たちのことをまったく考えないで数日が過ぎることもある。すると、通りでお馴染みの顔を見かける——あれは釣り餌屋のミセス・ニシカワだ、しかしどうして手を振り返して挨拶してくれないんだ？——あるいは、新たな噂が流れてくる。コヤナギ家のスモモの木の下にライフルが埋めてあるのが見つかった。オーク・ストリートの日本人の家で黒龍会の記章が見つかった。あるいは、歩道で、背後から足音が聞こえて振り返ると、そこには誰もいない。そして、彼はまた思い出すのだ。日本人たちはこの町を離れ、彼らがどこにいるのか、わたしたちにはわからない。

最初の霜が降りる頃には、彼らの顔はわたしたちの心のなかで、混じりあったりぼやけたりしてくる。わたしたちは彼らの名前を思い出せなくなりはじめる。ミスター・カトーだったかしら、それともミスター・サトー？　彼らから手紙は来なくなる。以前はあれほど切実に彼らを恋しがっていた子どもたちは、もうわたしたちに彼らはどこにいるのかと訊ねなくなった。いちばん下の子どもたちは、彼らのことをほとんど覚えていない。「まえに見たことはあると思うけど」と子どもたちはわたしたちに言う。あるいは、「あの人たちってみんな髪が黒くなかった？」とか。そしてしばらくすると、わたしたちは自分が彼らのことをいっそう過去形で話すことが多くなっているのに気づく。彼らがわたしたちといっしょに暮らしていたことなんか忘れていることもある。夜更けになると、彼らはよく、わたしたちの夢のなかへひょっこり現れるのだが。あれは養樹園の息子のエリオットだった。彼、心配しないでって言ってた。みんなだいじょうぶだから、食べるものはたくさんあるし、一日じゅう野球をやってるんだって。そして朝になって目が覚めて、いくら彼らを離すまいとしても、彼らはわたしたちの思いのなかに、それほど長くはいてくれない。

　一年が経ち、わたしたちの町から日本人の痕跡はほぼすべて消えてしまった。わたしたちの正面の窓には金色の星（家族に戦死者がいることを表わす）が輝いている。若くて美しい戦争未亡人が、公園でベビーカーを押す。貯水池沿いの日陰の小道では、長い引き綱をつけられた犬がもったいぶって歩いている。ダウンタウンのメイン・ストリートでは、ラッパズイセンが花盛りだ。ニュー・リバティー・チャプスイ・レストランは、昼休みに荷積み場からやってきた作業員で混みあっている。休暇中で家に帰っている兵士たちが通りをぶらつき、パラダイス・ホテルは繁盛している。ケイの花店は今ではフォーリーズ酒店だ。ハラダ食料品店はウォンという名の中国人に引き継がれたが、それ以外はそっくり同じに見え、この店のウィンドウの前を通り過ぎるたびに、わたしたちはついなにもかも以前と同じみたいな気がしてしまう。でもミスター・ハラダはもうここにはいないし、あとの日本人たちも、皆いなくなってしまった。わたしたちは今では彼らのことを、まったくとは言わないまでも、めったに口にしない。もっとも、山脈の向こう側からの噂は、なおもときおり届いてはくるのだが——いくつかの市の日本人がそっくり、ネヴァダとユタの砂漠に現れた。日本人はアイダホで、畑のサトウダイコンを収穫する仕事に就かされている。ワイオミングでは、日本人の子どもの集団がたそがれ時に、森からお腹を空かせて震えながら現れたのが目撃された。でも、これはただの噂で、どれひとつとっても真実とは限らない。わたしたちが知っているのは、ただ、日本人たちはどこか遠くのある場所にいて、たぶんこの世ではもう二度と会えない、ということだけだ。

謝辞

この小説は、一九〇〇年代初めにアメリカへやってきた日系移民の体験談から着想を得ている。数多くの史料を参照しており、ここにそのすべてを挙げるスペースはないが、調査したなかでわたしにとってはもっとも重要だったものを記しておきたい。カズオ・イトー著 *Issei: A History of Japanese Immigrants in North America*（一世――北アメリカにおける日系移民の歴史）、アイリーン・スナダ・サラソン著 *The Issei*（一世）と *Issei Women*（一世の女たち）には、とりわけ負うところが大きい。そのほかの重要な本には次のようなものがある。湾東日系社会奉仕団編纂『私達の記録』、スタン・フルエリング著 *Shirakawa*（シラカワ）、オードリー・ガードナー、アン・ロフティス共著 *The Great Betrayal*（大いなる裏切り）、イヴリン・ナカノ・グレン著 *Issei, Nisei, War Bride*（一世、二世、戦争花嫁）、ユージ・イチオカ著、リンダ・ゴードン並びにゲーリー・Y・オキヒロ編 *The Issei: Impounded*（一世――収容されて）、ローレン・ケスラー著『不屈の小枝』、アケミ・キクムラ

著 *Through Harsh Winters*（厳しい越冬）、ミノル・キヨタ著 *Beyond Loyalty*（忠誠心を越えて）、ドナルド・リッチー編 *Lafcadio Hearn's Japan*（ラフカディオ・ハーンの日本）、エレン・レヴァイン著 *A Fence Away from Freedom*（自由を奪うフェンス）、トモコ・マカベ著 *Picture Brides*（写真花嫁）、増田小夜著『芸者――苦闘の半生涯』、デイヴィッド・マス・マスモト著 *Country Voices*（田園の声）及び *Epitaph for a Peach*（桃のための墓碑銘）、ヴァレリー・J・マツモト著 *Farming the Home Place*（在所を耕す）、メイ・ナカノ著『日系アメリカ女性――三世代の100年』、ローソン・フサオ・イナダ編 *Only What We Could Carry*（持っていける物だけ）、ドナルド・リッチー著 *The Inland Sea*（瀬戸内海）、バーナード・ルドフスキー著『キモノ・マインド』、佐賀純一著『日本のふる里――土浦聞き書き』『霞ケ浦風土記』、杉本鉞子著『武士の娘』、ソニア・シン・スヌー著 *Korean Picture Brides*（朝鮮人写真花嫁）、ロナルド・タカキ著『もう一つのアメリカン・ドリーム』、長塚節著『土』、リンダ・タムラ著『フッドリバーの一世たち』、ジョン・タテイシ著 *And Justice for All*（そしてすべての人のための正義）、ドロシー・スワイン・トーマス著 *The Salvage*（救出）、ヨシコ・ウチダ著『荒野に追われた人々――戦時下日系米人家族の記録』、ワカコ・ヤマウチ著 *Songs My Mother Taught me*（母が教えてくれた歌）、ワン・キル・ユン著 *The Passage of a Picture Bride*（海を渡る写真花嫁）。一五〇ページの市長の言葉の一部は、二〇〇一年十月十二日にドナルド・ラムズフェルド国防長官により行われた国防総省の状況説明から取っている。また、メアリ・スワンにも感謝したい。この小説の最初の章は、彼女の短篇「一九一七」からインスピレーションを得ている。

ニコル・アラギには深く感謝している、彼女の揺るぎない尽力なくしては、この本が書かれることはなかっただろう。ジョーダン・パヴリンには編集上の的確なアドバイスに対して、シンフォニー・スペースのキャシー・ミントンとアイザイア・シェファーには長きにわたって継続的に支援してくれたことに対して、そして、ジョン・サイモン・グッゲンハイム記念財団にはその寛大な援助に対して感謝する。そしてまた、レスリー・レヴァイン、ラッセル・ペロー、ミシェル・サマーズ、クリスティー・ハウザーにも感謝を。わたしの家族、親友のカビ・ハートマン、広告業界人の素晴らしい視点を提供してくれたマーク・ホーン、マックスと火曜の朝の常連たちには特別な感謝を。そしてアンディー・ビーネンには愛を込めて。

訳者あとがき

本書『屋根裏の仏さま』（*The Buddha in the Attic*, 2011）は、日系アメリカ人作家ジュリー・オオツカの二作目となる小説である。二〇世紀初頭にいわゆる「写真花嫁」としてアメリカへ渡った日本人女性たちが、苦労を重ねてやっとそれなりに平穏な暮らしができるようになってきたところで、真珠湾攻撃後の反日感情の高まりのなかで実施された強制収容政策により、築き上げたすべてを失い、わずかな手荷物だけを持って遠隔地の収容所へ送られるまでを描く。

ジュリー・オオツカは一九六二年、カリフォルニア州パロアルトで、戦後アメリカへ移住した一世で航空宇宙エンジニアである父と二世の母とのあいだに生まれた。九歳のときにパロス・ベルデスへ引っ越し、やがて東部のイエール大学に進学。アメリカ史を学びつつ、絵画のクラスを受講したところ自分の才能に気づき、美術へ移行して一九八四年に卒業。その後、画家を目指して苦闘しながら、一九八七年にニューヨークに移り住み、結局絵筆は断念して文学に惹かれるようになり、九四年にコロンビア大学修士課程に入学、九九年に美術学修士号を取得して卒業。この間、大学の創作ワークショップで書いたものが、二〇〇二年刊行の処女作『天皇が神だったころ』(近藤麻里子訳、アーティストハウス刊、二〇〇二)へと結実した。

この処女作は、オオツカにとって家族の歴史を掘り起こすものだった。サンフランシスコの日系の貿易会社に勤めていたオオツカの母方の祖父は、真珠湾攻撃の翌日に敵性外国人としてFBIに逮捕され、終戦までのあいだ、司法省が管轄するいくつかの収容所を転々とさせられた。それからほぼ三カ月後にはルーズベルト大統領が大統領令9066号に署名したことにより、日系人の強制立ち退きと収容所への移送が始まった。夫を奪われた当時四十二歳のオオツカの祖母も、十歳だったオオツカの母と八歳の叔父とともにユタ州のトパーズ強制収容所へ送られ、終戦までの三年余りを過酷な環境のなかで過ごさなければならなかった。

収容所《キャンプ》という言葉自体は、オオツカが子供の頃から家庭内でよく耳にするものだったが、その辛い詳細については語られることがなく、オオツカも子供の常として特に興味を持たなかった。高齢となった祖母がホームへ移る際、早くに亡くなっていた祖父が戦争中に収容所から家族に宛てて書いた手紙の束が出てきた。それがきっかけとなって、オオツカはこの間の経緯に興味を持ち、調べはじめ、処女作へとつながっていった。

『天皇が神だったころ』は、カリフォルニア州バークリーに暮らす母親、娘、息子の一家三人

（父親はすでに逮捕されていて不在）が、住み慣れた家を離れて汽車でユタ州の砂漠のなかの収容所へ行く前日から始まる。三人はそこで三年数カ月を過ごして終戦を迎え、また家に戻るが、家は荒らされ、金目のものは略奪されていて、日系人に対する周囲の目は冷たく厳しい。以前は恵まれた専業主婦だった母親は、家族を養うために掃除婦や洗濯の仕事を始める。やがて父親も収容所から帰ってくるが、痩せ衰えてすっかり老け込み、廃人同様になってしまい、いつも何かに怯えている。

オオツカはこの一家に名前を与えないまま、母親、少女、少年と視点を変えながら、出立、汽車の旅、収容所での生活、帰宅後の暮らしを、簡潔で抑制された、イメージをくっきりと立ち上がらせる言葉で綴る。そして最後の短い章で、物語の大半は不在であり、帰宅後も家族の日常の陰の部分にいた父親が、突然「声」を獲得し、呪詛ともいえる言葉を叩きつける。抑えに抑えた日系人の、そして作者の怒りが爆発したかのような激しさが、じつに印象的だ。

二〇〇二年に刊行されたこのスリムながら重い内容の「歴史小説」は、各紙誌の書評で絶賛されて注目を集め、翌年、アレックス賞、アジア系アメリカ人文学賞を受賞した。

日系人の強制収容は、残念ながらけっして過去の物語ではない。世界中のどの民族のどの共同体でも、何かことが起こると、「異質なもの」を排除しようとする動きが出てくる。昨年十一月のパリ同時多発テロ事件のあと、アメリカでシリア難民受け入れを拒否すべきだとの声が高まった折りには、第二次大戦中の日系人強制収容政策がさまざまな文脈で引き合いに出された。十二月にはオバマ大統領が、移民の米国籍取得を祝う式典での演説で、日系人強制収容をアメリカのもっとも暗い歴史のひとつであると断じた上で、この過ちを繰り返さないように、イスラム教徒はじめ移民に対する偏見に対抗しようと訴えた。

『天皇が神だったころ』は、9・11以後のアメリカで、見つめ直さなくてはならない過去という読まれ方もしてきたようで、多くの大学や地域の読書会のテキストとなっている。

さて、この処女作のブックツアーで、オオツカは多くの日系人から「よくぞ書いてくれた」と声を掛けられ、驚くほどたくさんの同じ話を聞かされた。私の祖母は、曽祖母は、おばは、「写真花嫁」としてアメリカへやってきた、というものだ。港に迎えにきていた夫は、あらかじめもらっていた写真の若い美男子とは似ても似つかない禿頭の中年男だった、豊かな暮らしだという自己紹介は嘘っぱちで貧しい小作農だった、というような、これまた似たような話が続いた。

十九世紀後半に始まった日本からアメリカへの移民は、大半が肉体労働に従事する独身男性だった。結婚するために一時帰国する余裕などない彼らが頼ったのが、いわゆる「写真結婚」。見合い結婚の変形で、自分の写真と履歴を日本の親族に送って相手を探してもらう。花嫁候補からも同様に写真と履歴が届き、縁談が成立すると、花婿不在のまま日本で入籍をすませ、花嫁は船でアメリカの夫のもとへやってくる。異国の地で初めて顔を合わせる夫が、もらっていた写真や履歴とは大違いだった、という事例はよくあったものの、大半の花嫁は帰国費用など持ち合わせず、泣く泣くそのまま夫婦としてやっていくこととなった。見込み違いだった男と暮らし、辛い労働の日々に耐えるうちに、やがて子ができ、生活もじょじょに安定していく。だがその後に待っていたのは、強制収容によってすべてを失うという試練だった。そうした「写真花嫁」たちの忍耐のうえに、アメリカにおける今日の日系人社会の基盤は築かれたと言えるだろう。

一九〇八年に日米間で締結された紳士協定によって労働目的の移民が禁止されたあとも、すでに定住している日系人は家族を呼び寄せることができたので、「写真花嫁」たちはその制度を利用してぞくぞくと海を渡った。だが、これは移民制限の網の目をくぐり抜ける方策ではないかとアメリカの移民排斥論者の反感を買い、日本政府は一九二〇年、旅券発給を夫とともに渡航する妻に限定せざるを得なくなり、「写真結婚」は終焉を迎えた。

自らの一族に「写真花嫁」はいなかったものの、オオツカは、会ったこともない男と結婚するために海を渡った娘たちの物語に強い興味をおぼえ、調査を始めた。本書の謝辞のなかに参考文献のごく一部が記されているが、膨大な量の書籍、当時の新聞や雑誌を読み、写真を眺め、あの時代の日本社会やアメリカ社会についての情報を集めた。そして、いざ書きはじめると、心に残るエピソードがあまりに多すぎて、とてもではないが書きたいことのごく一部も盛り込めそうにないことに気づかされた。そんなときに「船のわたしたちは、ほとんどが処女だった」という以前に書いたメモが目に留まり、「わたしたち」という一人称複数の語りを思いついたのだという。こうして、日系移民の女たちの物語が流れはじめた。「わたしたち」には通常「わたし」が含まれるのだが、本書の場合はそうした核となる「わたし」は存在しない。あくまで一文ずつきれぎれの、さまざまな「わたしたち」なのだ。この作品を点描に例える書評を見かけたが、まさにそのとおりだと思う。無数の点が集まって、集団としての写真花嫁たちの人生の歩みをくっきりと浮かび上がらせる。

以前は画家を志していたオオツカは、文章よりもまずイメージが先に脳裏に浮かぶのだという。そして特に本書の場合、文のリズムを大切にしたということだ。細切れの無数の「わたし」が集まった「わたしたち」の語りという、普通なら読みづらくなりそうな書き方ながら、文章のリフレインが心地良く、自然と引き込まれてしまう。アーシュラ・K・ル＝グウィンは英紙ガーディアンで本書を評して、「しばしば詠唱のように響くこの語り口は、入り組んだところがなく直截で、メタファーもほとんど使われていないにもかかわらず、その真の、またとない美点は、わたしたちが詩と呼ぶ説明しがたい資質にあるのではないか」と述べている。オオツカは、たゆみなく書いては消しを繰り返して言葉や文章を研ぎ澄まし、「書きたいこと」を凝縮して結晶化するように作品を仕上げるという執筆スタイルのようで、前作には六年、本書には八年の歳月が注ぎ込まれている。感情を交えない、ときにむき出しの事実を連ねた文章がじつにリリカルに響く裏には、なみなみならない丹精がこめられているのだろう。

文中、日系女性の「わたしたち」に対して、白人は「彼ら」と称されるのだが、最終章では「彼ら」が「わたしたち」となって、日系人がいなくなってしまったあとのことが語られる。オオツカによると、この最終章は前作の「語り残し」なのだという。前作を書き終えてから、日系人がいなくなったあと町の人たちは何を思ったのだろうとずっと気になっていて、それがこの最終章となったようだ。前作に引き続いて、最後に語りががらりと変わる構成となっている。

正史にはまず登場しない女たちの人生を拾い上げて記録したかったということも本書執筆の動機のひとつだと、オオツカはあるインタビューで語っている。オオツカは日系移民の女たちを、抑圧されたマイノリティーとして安易に美化することはしない。さまざまな事実の断片をそのまま提示して、あの時代の女たちの全体像を描きだす。より良い生活を夢見てアメリカに渡ってきた女たちは、まずは初めて会う夫に、そしてアメリカという国によって裏切られた。大半の女たちを待っていたのは過酷な労働の日々であり、差別と偏見にさらされる生活だった。

だが一方で、女たちのなかには、郷里ではまともな結婚ができないような後ろめたい過去を隠している者や、夫を裏切って去る者もいた。そもそも、あの時代に海を渡って見知らぬ国へやってきた女たちは、勇敢で冒険心に富んでいたはずだとオオツカは言う。そんな彼女たち自身が持っていた偏見も、本書ではそのまま描かれている。差別されるマイノリティー同士が差別しあうというのは、残念ながらけっして珍しくないことだ。汚いものから目をそらさない率直さも、この作品を力強いものにしている一要素だと思う。

『天皇が神だったころ』は、語りの視点が置かれた一家に名前を与えないことで一家の運命の象徴性を高めていたが、数知れない無名の女たちの語りによる本書は、さらに一段と象徴性が高まっているように思う。異国で暮らす会ったこともない男のもとへ嫁いできた日本の女たちそれぞれの、類まれな人生をひとつひとつきらめかせつつも、本書は、故国を離れて異文化のなかで暮らす女たちすべての物語に通じるものがあるのではないだろうか。

ちなみに、タイトルだが、読まれた方にはおわかりのように、これは一三一ページに登場する、強制立ち退きの際にハルコが屋根裏の片隅に置いてきた、小さな真鍮の笑顔の仏さまから来ている。作者の説明によると、仏さまは、アメリカ社会への同化を強いられるなかで日系移民が捨てざるを得なかった故国の文化や生活の象徴で、正史に記録されることのない、片隅に残された日本人としてのアイデンティティの痕跡を表しているのだとのこと。日系に限らずどの移民も、心の片隅にこうした自分の「仏さま」をしまいこんでいるのではないだろうか。

本書は、二〇一一年に全米図書賞最終候補となり、ランガム歴史小説賞を受賞、二〇一二年にPEN／フォークナー賞とフランスのフェミナ賞外国小説賞を受賞、二〇一三年に国際IMPACダブリン文学賞最終候補となり、二〇一四年にドイツのアルバトロス文学賞を受賞している。

次作については、オオツカはいくつかのインタビューで「次作は認知症（オオツカの母は認知症を患って数年になる）や水泳に関する、日系人の歴史とは特にかかわりのない物語になるかもしれない」と述べていて、文芸誌グランタ（本書の「来たれ、日本人！」と「子どもら」はグランタ初出）の二〇一一年秋号に“Diem Perdidi”（また一日が失われた）という、娘の「あなた」が認知症を患っている母「彼女」について、リズミカルな繰り返しを多用して語る短篇を寄せている。これが膨らんで第三作となるのだろうか。あるいはさらに日系移民の歴史が紡がれるのだろうか。

ちなみに、オオツカは手書き派で、執筆場所はコロンビア大学近くのハンガリアン・ペイストリー・ショップ。長年にわたる常連で、二作ともここで書いたのだという。パンが美味しくてコーヒーのお代わりが無料のこの店を仕事場とする物書きは多く、それぞれ定位置があるようだ。ユダヤ系作家ネイサン・イングランダーはブルックリンへ引っ越すまでオオツカの前のテーブルが定席だったそうで、同じくクレスト・ブックスから出ている『アンネ・フランクについて語るときに僕たちの語ること』と本書は、同じカフェの前後の席で書かれていたことになる。

本書はもともと、二〇一四年十二月三十一日に亡くなられた翻訳家、岩本正恵さんが強く推されて、新潮社が版権を取得したと聞いている。岩本さんはわたしにとって、この方が訳されたものならぜひひとも読みたいと思う翻訳家のひとりだった。アンソニー・ドーアもアレクサンダル・ヘモンも、岩本さんの端正で理知的、それでいてふっくらと艶があり、なんともいえない情感をたたえた訳文を通じて大好きになったのだし、ピーター・キャメロンの『最終目的地』やミカエル・ニエミ『世界の果てのビートルズ』など、岩本さんの翻訳で心に刻まれている本は何冊もある。

海外の書評で気になっていた本書も、岩本さんが訳されると聞き、ならば邦訳で読もうと刊行を楽しみにしていた。訃報が届いたときにはほんとうにショックだった。しばらくして、岩本さんが最後まで取り組まれ、半ばで力尽きられた本書の翻訳を引き継いでもらえないかと依頼を受けた。原書を読んで、岩本さんがこの本に惹きつけられた理由がよくわかった。

二〇一一年十一月発行の雑誌で、岩本さんは次のように語っておられる。「訳に入り込んでいくと、いつの間にか自分を乗っ取られていることもありますね（笑）。いつも心がけているのは、原文に対して『忠実』であるより『誠実』であろうとすることなんです」（「DISCO」co-LLaps刊）。

大勢の女たちの声で語られるこの作品を、岩本さんはまさに「乗っ取られて」、ご自分も日系移民の女たちのひとりとなって翻訳なさっていらしたのだと思う。どれほどお心残りだったことだろう。引き継いだわたしは、作者の描くたくさんの女たちの声とともに、岩本さんの声にも耳を澄ませながら、前を行く岩本さんの背中を見失わないよう最後のページまで進んでいったつもりだ。お会いしたことのなかった岩本さんと、こんな形で原文を挟んで「対話」することになろうとは、夢にも思わなかった。こうして訳し終えたいま、叶うことなら最後まで岩本さんの訳で読みたかったと、わたしは改めて思っている。
どうかこれからも、岩本正恵さんの訳された数々の本が、新たな読者と出会って読み継がれていきますように。

小竹由美子

二〇一六年二月一日

The Buddha in the Attic
Julie Otsuka

屋《や》根《ね》裏《うら》の仏《ほとけ》さま

著 者
ジュリー・オオツカ
訳 者
岩本正恵　小竹由美子
発 行
2016年3月25日

発行者　佐藤隆信
発行所　株式会社新潮社
〒162-8711 東京都新宿区矢来町71
電話 編集部 03-3266-5411
読者係 03-3266-5111
http://www.shinchosha.co.jp

印刷所
株式会社精興社
製本所
大口製本印刷株式会社

乱丁・落丁本は、ご面倒ですが小社読者係宛お送り下さい。
送料小社負担にてお取替えいたします。
価格はカバーに表示してあります。

ISBN978-4-10-590125-7 C0397

CREST BOOKS
Shinchosha

シェル・コレクター

The Shell Collector
Anthony Doerr

アンソニー・ドーア
岩本正恵訳

ケニア沖の孤島でひとり静かに貝を拾う老貝類学者。
彼が巻き込まれる騒動を描いた標題作ほか
孤独ではあっても夢や可能性を秘めた人々を
暖かに、鮮やかに切り取る全八篇。
O・ヘンリ賞受賞作「ハンターの妻」収録。

CREST BOOKS

世界の果てのビートルズ

Populärmusik från Vittula
Mikael Niemi

ミカエル・ニエミ
岩本正恵訳

笑えるほど最果ての村でぼくは育った。きこりの父たち、
殴りあう兄たち、そして手作りのぼくのギター!
とめどない笑いと、痛みにも似た郷愁。
世界20カ国以上で翻訳、スウェーデンのベストセラー長篇。

CREST BOOKS

ディア・ライフ

Dear Life
Alice Munro

アリス・マンロー
小竹由美子訳

二〇一三年、ノーベル文学賞受賞。A・S・バイアット、ジュリアン・バーンズ、ジョナサン・フランゼン、ジュンパ・ラヒリら世界の作家が敬意を表する現代最高の短篇小説家による最新にして最後の作品集。

CREST BOOKS